O olhar enigmático de Moacyr Scliar

Organizadoras
Lyslei Nascimento, Maria Zilda Ferreira Cury

Autores
Ana Maria Chiarini, Berta Waldman, Elcio Loureiro Cornelsen, Fernanda dos Santos Silveira Moreira, Filipe Menezes, Kênia Maria de Almeida Pereira, Késia Oliveira, Lincoln Amaral, Lyslei Nascimento, Márcio César Pereira dos Santos, Maria Zilda Ferreira Cury, Regina Zilberman, Saul Kirschbaum, Stefania Chiarelli, Zilá Bernd.

Revisão
Késia de Oliveira

Editores
Alencar Perdigão, Cláudia Masini, Luciana Tanure, Thásia de Medeiros

Projeto gráfico
Caroline Gischewski

Imagem de capa
Création, Marc Chagall. 1960.

Conselho editorial Quixote+Do
Julio Jeha, Maria Esther Maciel, Regina Zilberman, Wander Melo Miranda

Catalogação na Publicação (CIP)

O45 O olhar enigmático de Moacyr Scliar / Lyslei Nascimento, Maria Zilda Ferreira Cury (organizadoras). 1. ed. - Belo Horizonte : Quixote+Do Editoras Associadas, 2019.
277 p.

ISBN 978-85-66256-62-8

1. Scliar, Moacyr, 1937-2011 - Crítica e interpretação. 2. Ensaios brasileiros. I. Nascimento, Lyslei. II. Cury, Maria Zilda Ferreira. III. Título.

CDD B869.3

Bibliotecária responsável Fernanda Gomes de Souza CRB-6/2472

O olhar enigmático de Moacyr Scliar

Lyslei Nascimento
Maria Zilda Ferreira Cury
(Organizadoras)

EDITORAS ASSOCIADAS

Prefácio 7

Paisagens sob os cascos do centauro 11
Ana Maria Chiarini

A crônica de Moacyr Scliar ou a condição judaica 31
Berta Waldman

Utopias políticas em
O exército de um homem só* e *A majestade do Xingu 41
Elcio Loureiro Cornelsen

Contra o preconceito: a literatura infantojuvenil de Moacyr Scliar 65
Fernanda dos Santos Silveira Moreira

Infância e Shoah em
"Na minha suja cabeça, o Holocausto", de Moacyr Scliar 91
Filipe Menezes

Nos calcanhares de Esaú:
"Diário de um comedor de lentilhas", de Moacyr Scliar 105
Kênia Maria de Almeida Pereira

O tradutor/traidor em "Notas ao pé da página", de Moacyr Scliar 121
Késia Oliveira

Entrelaçamento narrativo em Moacyr Scliar 135
Lincoln Amaral

Sobre monstros e seres imaginários na obra de Moacyr Scliar 149
Lyslei Nascimento

Moacyr Scliar: fazedor de Golems 161
Márcio César Pereira dos Santos

Moacyr Scliar, precursor de Kafka 173
Maria Zilda Ferreira Cury

Moacyr Scliar e a autoria póstuma da Bíblia 193
Regina Zilberman

Uma história dos subterrâneos:
"A balada do falso Messias", de Moacyr Scliar 223
Saul Kirschbaum

Um grânulo de poeira cósmica:
entre imigrantes e indígenas em *A Majestade do Xingu* 239
Stefania Chiarelli

Moacyr Scliar: jornalista e escritor, incomparável sinergia 257
Zilá Bernd

Sobre os autores 275

Prefácio

Datas são pontos de luz sem os quais a densidade acumulada dos eventos pelos séculos dos séculos causaria um tal negrume que seria impossível sequer vislumbrar no opaco dos tempos os vultos dos personagens e as órbitas desenhadas pelas suas ações. A memória carece de nomes e de números. A memória carece de numes.

Alfredo Bosi

A reflexão de Bosi sobre o impulso que caracteriza a necessidade de comemoração é instigante para nós, hoje, quando pensamos na importância de Moacyr Scliar. Em 2017, se ainda vivo entre nós, o escritor completaria 80 anos. Este livro tem, por isso, um caráter comemorativo, obedecendo a um impulso de fazer cintilar alguns distintos pontos de luz significativos de sua obra, recuperados pelo olhar contemporâneo de críticos de várias partes do país.

Do livro lançam-se luzes sobre as múltiplas faces do escritor, sobre o seu olhar sobre o mundo e sobre a ficção: o cronista corajoso, o romancista dos imigrantes, o leitor irreverente das tradições literária e bíblica, o memorialista, o humorista fino, o manejador sofisticado da língua e tantos outros criadores que convivem na sua escrita. Também o escritor amoroso e compassivo, de olhar terno na direção dos mais humildes e dos marginalizados.

Desde 27 de fevereiro de 2011, Scliar está "longe de casa", habitando esse espaço de fronteira que a morte significa. A fronteira é corte e separação. No entanto, como afiança François Paré, em *La distance habitée*, esse espaço intervalar é também distância habitada, e, como queria Martin Heidegger, é menos o local onde alguma coisa termina e antes o ponto a partir do qual algo começa a se fazer presente. Nesse sentido, pensa-se que uma publicação que comemora, antes que memora, assume, entre outras significações, um lugar de resistência ao esquecimento e à morte, um lugar da lembrança, um "como se" habitado pela evocação da persistência, da herança da voz e do olhar de e para o escritor.

Na última página do relato, já quase "longe de casa", o narrador de um dos mais importantes romances de Scliar, *A majestade do Xingu*, vê-se, mais uma vez, como em tantos episódios de sua longa enunciação memorialista, como o atemorizado menino da vilazinha russa natal, fugindo dos mesmos espectros que ali o atormentavam, que o acompanharam no exílio ao longo da vida e que ainda o assustavam nessa lenta agonia reflexiva. Nesse espaço limiar entre a vida e a morte, sente-se o personagem, assim, mais uma vez, "em casa", perfazendo a curva elíptica que caracteriza as identidades diaspóricas.

Retornar à casa da infância, mesmo quando habitando a distância, seria menos voltar para um lugar localizado no mapa do que reafirmar a língua, a literatura como espaço de lembranças e de encontros/perdas/negociações identitárias. Habita-se, sempre, de alguma forma, a língua.

Este livro comemorativo, portanto, memora e, a partir de leituras contemporâneas, atualiza a escrita de Scliar, a particularidade de sua língua escritural, invocando e convocando o escritor a permanecer cheio de vida entre nós.

Reproduzo, a seguir, um trecho do discurso de Scliar quando de sua posse na Academia Brasileira de Letras, casa em que foi convidado a entrar, reconhecida que foi sua escrita como imortal:

> este é um momento de celebração. Entristecido pela ausência daqueles que não estão aqui, celebrando comigo: meus pais, José e Sara, emigrantes que lutaram duramente e que me ensinaram a lutar também, e a acreditar. Como um dia acreditou na literatura aquele gurizinho do bairro do Bom Fim que, de algum lugar do tempo, me olha com seus grandes olhos, um olhar de admiração e de espanto – espanto e admiração à qual junto, neste momento, a gratidão de toda a minha vida.

Na fronteira de assumir-se como acadêmico, o escritor recupera, liricamente, o menino que outrora fora, em celebração, e que continua a nos olhar, a nós, seus leitores, nessa distância habitada.

Maria Zilda Ferreira Cury

Paisagens sob os cascos do centauro

Ana Maria Chiarini

O centauro no jardim, romance de 1980 e um dos mais celebrados de Moacyr Scliar, narra as aventuras de Guedali, criatura metade homem, metade cavalo que se vê condenada ao deslocamento e à clandestinidade. Além da saga do protagonista bizarro e dividido, a exemplo de outros textos do autor, apresenta a vida de imigrantes judeus e de seus descendentes na cidade de São Paulo e no espaço rural do Rio Grande do Sul, sendo, com frequência, lido como uma alegoria da condição judaica.[1] Para Luiz Antônio Assis Brasil, a essa leitura de Scliar, poderia se acrescentar outra igualmente fértil, exaltando o mito do centauro dos pampas:

> o homem gaúcho, formando uma unidade com seu cavalo, transforma-se num ser aventureiro, romântico, leal, guerreiro, que viria a ser o modelo de uma infinidade de produções poéticas e romanescas.[2]

[1] CORNELSEN; CURY, 2004.

[2] ASSIS BRASIL, 2004, p. 27.

Nesses dois *fronts* étnicos, o primeiro remetendo aos judeus, o segundo, à população originária do Rio Grande do Sul, estado brasileiro de manifesto pertencimento regional, o mito do centauro funciona como um operador identitário eficaz, a ressaltar, de um lado, o caráter cindido e ambíguo do sujeito em suas negociações com o entorno e, do outro, o herói híbrido de uma colonização muito recente. Este ensaio, porém, não se propõe a examinar o romance à luz da vertente judaica da obra de Scliar ou da tradição da literatura gauchesca, mas a perseguir o componente do trânsito que caracteriza o protagonista e possibilita a análise de algumas paisagens da trama, em especial, aquelas da metrópole paulistana entre os anos de 1960 e 1973.

O geógrafo Milton Santos refere-se à paisagem como "tudo o que nós vemos, o que a nossa visão alcança",[3] numa composição de volumes, cores, movimentos, odores, que são apreendidos e selecionados pelo observador a partir de sua localização, de sua perspectiva – perspectiva esta que amplia, reduz, escamoteia ou destaca pontos e segmentos do espaço. Para o antropólogo Leonardo Fígoli, "a paisagem é um relato, um desenho, uma representação. Território recortado por uma 'janela', apreciado desde um ponto de vista singular".[4] No que diz respeito ao romance, seja pela riqueza do olhar fronteiriço – como bem nos ensinaram os críticos pós-coloniais –, seja pela argúcia dessa criatura estranha e sem lugar, alerta no afã de identificar signos de hospitalidade e rejei-

[3] SANTOS, 2008, p. 68.

[4] FÍGOLI, 2007, p. 30.

ção, tal “janela” de observação e de leitura abre-se privilegiada para o cenário.

Entretanto, não é secundário assinalar que Guedali é um centauro e, como tal, marca os terrenos com suas pegadas e, antes de fotografar a paisagem com o olhar, a escarva com os cascos. Em seu relato, que se inicia com o nascimento numa pequena fazenda no Rio Grande, em 1935, e se conclui num jantar entre amigos na cidade de São Paulo, em 1973, sua fisicamente dolorosa percepção, ou construção, de si associa-se à percepção das patas, eixo em torno do qual gira a narrativa:

> Com uns poucos meses, eu, deitado no caixote, teria, em determinado momento, levado uma pata à boca, como as crianças costumam fazer com o pezinho; o casco teria me ferido o lábio, desta dor aguda, desta mágoa, restando então a ideia do conflito entre a dureza e a maciez, entre o bruto e o delicado, entre o equino e o humano.
>
> Aos poucos a sensação de diferença, de bizarria, me impregna, incorpora-se ao meu modo de ser; antes mesmo da pergunta – inevitável e temível: por que sou assim? O que aconteceu, para que eu nascesse deste jeito?[5]

Nessa rememoração, junto à percepção da própria estranheza, já é possível entrever a perspectiva de Guedali e sua janela para o mundo: são suas patas que, no trânsito e no contato com o solo,

---

5 SCLIAR, 2011, p. 29.

descortinam as paisagens. O narrador, personagem excluído, da margem, transfigura a pisada em uma perspectiva à medida que a narrativa é conduzida por uma voz que brota nas patas, elemento central, no caso, para a apreensão do mundo. Nesse sentido, é possível identificar, no romance, uma manifestação radical da proposta de Ricardo Piglia,[6] que suplementa as seis lições de Italo Calvino[7] sobre a literatura do milênio: o deslocamento, por intermédio de uma perspectiva que se ancora nas margens, bem como ao rés do chão, no galope dos cascos.

A infância do centauro é rural, austera, de muito trabalho e afeto. Por determinação do pai zeloso, ele não puxa o arado, mas cultiva a horta que o provê de grandes quantidades de vegetais – exigência de sua fome equina – e planta milho. Na época certa, as espigas crescem, as galinhas põem ovos e são abatidas, as vacas dão à luz, numa sucessão calma de dias e de estações. Ressalte-se que o campo do pequeno Guedali é um campo judeu: de reuniões em torno da mesa, de bênção do vinho, pão ázimo na Páscoa, jejum no *Yom Kipur* (Dia do Perdão) e canções em ídiche ao redor do fogão a lenha; é também uma região de fronteira, de mato selvagem além das coxilhas, de "ruídos misteriosos: trilos, e pios, e guinchos – e sobretudo [...] presença invisível dos índios, rondando a casa",[8] em que os poucos vizinhos representam uma ameaça para os segredos da família.

---

[6] PIGLIA, 2001.

[7] CALVINO, 1991.

[8] SCLIAR, 2011, p. 19.

Aliás, é a curiosidade da vizinhança que acaba por empurrar o colono Leão Tartakovsky, antes emigrado da Rússia com medo dos cossacos, a mulher Rosa e os quatro filhos, um deles centauro, para a cidade, mais especificamente para Teresópolis, bairro de Porto Alegre, lugar de mais recursos e, em especial, de gente ocupada com a própria vida, sem tempo para bisbilhotar, assim pensavam. Portanto, apesar da estranheza inicial da afirmação, pode-se dizer que a primeira cena urbana da vida de Guedali se desenha como fruto da busca de um isolamento mais completo e reconfortante do que aquele dos pampas. Segundo as palavras de Leão Tartakovsky, "aqui estarás em paz, meu filho. Ninguém vai reparar em ti. Esta gente da cidade não dá bola para nada."[9]

Ao fazer eco ao patriarca do romance, muitas narrativas, literatos e estudiosos tematizaram a associação entre a cidade moderna e o triunfo do individualismo, manifesto como desinteresse mútuo ou apatia em relação ao outro. Raymond Williams, no clássico *O campo e a cidade*,[10] evidencia, de maneira mais global, as formas de competição social e de alienação que são produzidas pelo sistema capitalista. Se, por um lado, o crítico alude às cidades de trevas em Charles Dickens e William Woodsworth, por outro lado, ilumina o que há de vital, inebriante e criativo no isolamento das multidões em Charles Baudelaire. Já o sociólogo Richard Sennett, no instigante *Carne e pedra*,[11] em consonância com nossa perspectiva, escreve uma história da cidade narrada a partir da experiência

---

9 SCLIAR, 2011, p. 41.

10 WILLIAMS, 2011.

11 SENNETT, 2003.

corporal, em que evidencia os elos entre as descobertas fisiológicas do fluxo sanguíneo por William Harvey, no século XVII, e os projetos urbanísticos dos séculos seguintes. O autor demonstra que termos como "artéria" e "veia" passam a fazer parte do vocabulário dos planejadores, que elegem, então, o sistema sanguíneo como modelo para o tráfego e para toda sorte de deslocamento de corpos humanos, ar, água e dejetos.

Nesse plano do trânsito, no qual a sobrecarga e qualquer tipo de obstrução podem levar a um rompimento com consequências catastróficas, Sennett, remetendo, inclusive, a obras literárias, explicita que as cidades, a partir do século XIX, têm o papel tanto de viabilizar e de possibilitar a circulação, de acordo com rotas pré-definidas, quanto de inibir o movimento de grupos ameaçadores a fim de guardar o indivíduo da agitação da turba e das más influências das aglomerações. Ele esclarece que, sob o signo de tal paradigma,

> corpos individuais que transitam pela cidade tornam-se gradualmente desligados dos lugares em que se movem e das pessoas com quem convivem nesses espaços, desvalorizando-os através da locomoção e perdendo a noção de destino compartilhado.[12]

Assim, em meio ao burburinho frenético, sem coalescências ou âncoras, esvaziado do sentimento de coletividade, também ao inquieto Guedali é permitido esconder-se incógnito. É isso que, além da vontade de abrir um negócio, o atrai para São Paulo treze

---

[12] SENNETT, 2003, p. 264.

anos depois da mudança para Porto Alegre. Afinal, nada melhor do que a indiferença ao estrangeiro e a falta de laços de vizinhança, características da metrópole, para acolhê-lo.

Desde o primeiro deslocamento em busca de anonimato, porém, nas cismas do centauro, já assoma a dúvida sobre o terreno em que suas patas irão pisar: "Aos meus cascos, a terra, o pasto, não são estranhos; aceitarão os cascos, as pedras da cidade?"[13] O antropólogo Tim Ingold, proponente de um paradigma de interpretação do mundo arraigado às formas como a vida se inscreve no solo terrestre, assim como Sennett, preocupa-se com o urbano e oferece pistas para entendermos a relação delicada entre a pisada anacrônica dos cascos de Guedali e as ruas e avenidas da metrópole. De acordo com Ingold – que propõe uma história baseada nas linhas traçadas pelos gestos humanos, caminhos dos viajantes, desenhos e pela escrita[14] –, na aurora da era industrial, muitas sociedades pavimentaram as ruas para que os pedestres pudessem "exercitar seus pés como uma máquina de pisar",[15] isto é, como mais uma máquina que se aprimorava. Um movimento mecânico, liberto de eventuais obstáculos, tornava-se possível sobre a "superfície monotonamente artificial",[16] onde o caminhante não era mais forçado a escolher o caminho, vencendo, com habilidade e destreza, as resistências naturais do terreno e o entulho acumulado nas passagens.

---

13 SCLIAR, 2011, p. 39-40.

14 INGOLD, 2007.

15 Todas as traduções de Tim Ingold são minhas, exceto Being Alive, traduzido por Fábio Creder. Ver: INGOLD, 2011, p. 41.

16 SCLIAR, 2011, p. 41.

Nesse cenário, Ingold demonstra que as ruas modernas foram abertas de maneira a criar um meio propício para o exercício da visão – sentido superior do homem urbano – e para um modo específico de caminhar, enquanto do pedestre se passa a exigir que atente, não à superfície do solo, mas ao movimento de outros pedestres e dos carros, em suma, das outras máquinas, às quais ele deve reagir. Ademais, habitar uma cidade é habitar um ambiente construído pelo trabalho das mãos, onde deixar marcas com os pés é o mesmo que desfigurá-lo, valendo notar que muitas faixas desse ambiente, em especial as áreas verdes, não são feitas para serem exploradas com pisadas, mas para serem fruídas apenas por intermédio da contemplação. Adverte o pesquisador: "As superfícies sobre as quais você pode caminhar são aquelas que permanecem intocadas e não são marcadas pela sua presença".[17] Em um contexto assim delineado, que também concerne ao romance, não é difícil compreender a incongruência entre os cascos incisivos de Guedali e as pedras da cidade, entre suas patas ansiosas e livres e a vida urbana rigidamente regulada. Se, de um lado, Guedali tem a metropolitana indiferença atarefada a seu favor, de outro, o espaço normatizado e frio parece pouco afeito à criatura livre dos pampas gaúchos.

Nessa perspectiva ecológica de interpretação da história proposta por Ingold, duas tecnologias têm se mostrado cruciais na vida do cidadão, junto aos onipresentes motores: as botas, que aprisionaram os pés, privando-os da liberdade e da capacidade de sentir

[17] INGOLD, 2011, p. 44.

o terreno, e as cadeiras, ferramenta por excelência da sociedade pensante. Ambas estabeleceram um fundamento tecnológico para a separação do pensamento em relação à ação, ou do intelecto em relação ao corpo e ao tato, além de terem contribuído para a consolidação de um conceito de cultura totalmente destacada do chão, quais teias de significados tecidas no reino do etéreo por pessoas em posição de repouso.

É justamente a possibilidade de usar botas e cadeiras que leva o inadaptado Guedali, já adulto, a se lançar numa cirurgia de risco no Marrocos. O centauro quer ser homem, quer ser capaz de caminhar ereto, na companhia de Tita, sua amada centaura, que conhece em um de seus galopes pelos pampas gaúchos. Graças às mãos hábeis de um cirurgião marroquino, o casal, enfim bípede, apesar de ainda dotado de cascos, pode retornar ao Brasil, primeiro a Porto Alegre e depois a São Paulo, onde se estabelece. "Com aquelas botas eu estava pronto para enfrentar as ruas da cidade. Com aquelas botas eu estava apto à luta pela vida" – é assim que se exprime Guedali ao chegar à metrópole, no início da década de 1960, disposto a encontrar seu espaço como homem. As botas, descritas como "um verdadeiro prodígio de engenhosidade [...] obra capaz de rivalizar, em termos de tecnologia, com uma ponte pênsil ou com uma cápsula espacial",[18] consentem aos dois ex-centauros que escondam seus cascos e caminhem, como qualquer habitante citadino, invisíveis em meio à multidão.

[18] SCLIAR, 2011, p. 103.

Nesse sentido, é possível aproximar as botas de Guedali às roupas-animais utilizadas pelos xamãs, como nos sugere a leitura de Viveiros de Castro.[19] As botas, no caso de nosso protagonista, são botas-máscaras, similares às roupas-máscaras que os xamãs utilizam durante os rituais para se deslocar pelo cosmos, entre os diferentes reinos da natureza, driblando as categorias taxonômicas. Não se trata, portanto, apenas de portar uma fantasia, de ocultar ou disfarçar a essência humana sob uma pele animal ou os cascos de cavalo dentro de um par de botas. Ao contrário, trata-se de lançar mão de um instrumento para fazer o trânsito entre essas fronteiras. Guedali precisa das botas para assumir a condição de bípede e funcionar como homem e, sobretudo, precisa delas para se constituir como habitante do meio urbano.

Assim, em São Paulo, a despeito da bizarria entre quatro paredes, no abrigo do lar, o casal de ex-centauros prospera e faz amizade com outros jovens casais de empresários, arquitetos, sociólogos e economistas, na maioria judeus, com quem frequenta teatros, bares e restaurantes – ambientes usuais da classe média:

> Tal como eu pensara, nos aceitavam sem dificuldade. Estranhavam que nunca fôssemos à praia nem à piscina, que Tita andasse sempre de calças compridas. Mas em nosso círculo havia um engenheiro argentino que escrevia estranhos poemas, e um executivo carioca que vivia com duas mulheres – não éramos, de forma alguma, os mais esquisitos.[20]

---

[19] CASTRO, 1996.

[20] SCLIAR, 2011, p. 108.

Na companhia desses amigos, o protagonista muda-se mais uma vez, agora para uma região periférica da cidade, tanto em busca de mais espaço verde, para desafogar seu lado equino, quanto em busca da proteção que uma rede solidária pode lhe oferecer. Neste ponto, cabe ressaltar o segmento de visada-pisada que se apresenta ao leitor da trama: um condomínio fechado. Os grandes condomínios, diga-se, surgiram no Brasil com a aceleração da expansão urbana e com o aumento da pobreza, das taxas de criminalidade e da frota de automóveis, sendo uma das primeiras iniciativas do gênero o Alphaville, cuja construção, em 500 hectares da fazenda Tamboré, sob disputa pela tradicional família Almeida Prado, posseiros e indígenas, foi finalizada em 1974. Como pontua o arquiteto Carlos Teixeira, sugerindo uma inspiração involuntária de seus idealizadores, o empreendimento, situado na Região Metropolitana de São Paulo, é emblemático na proposta de um estilo de vida previsível, vigiado e protegido do diverso:

> o nome é uma citação não-intencional (ou uma contraposição, nas palavras dos empreendedores) do filme homônimo de Jean-Luc Godard [...] A Alphaville de Godard é uma comunidade dominada por um computador, Alpha-60, que controla todos os acontecimentos e toda liberdade de expressão de seus habitantes. Alphaville só existe à noite. Lá a palavra bíblia quer dizer dicionário, e neste dicionário palavras como "livre" e "consciência" não existem. No Centro, há um enorme prédio modernista de vidro e concreto que tem corredores super compridos e cheios de portas, e é nele onde está instalado o super computador Alpha-60. Todos os homens usam ternos,

> não há artistas e todo "comportamento ilógico", como chorar ou gritar, foi proibido. As mulheres são como gueixas japonesas treinadas para agradar e dizem "obrigado, de nada" sem parar. Tudo na cidade é chato e controlado: a arquitetura, as pessoas, as ruas, o Alpha-60 e o próprio filme.[21]

No romance, em escala mais modesta, o novo círculo de Guedali sonha com a vida coletiva num *kibutz* e dá início ao projeto de um protocondomínio em dez hectares de terra nas franjas da cidade. Vinte lotes, piscinas, quadra de tênis, um lago, pista de corrida, bem como "cercas eletrificadas, guardas armados, um sistema de interfones para emergências",[22] compõem o sonho dos jovens profissionais amantes da natureza, que vem a se materializar em 1965. O indefectível churrasco de inauguração é preparado por um dos amigos e – como não podia deixar de ser – pela "criadagem do condomínio: um grupo de nordestinos, homens e mulheres, membros de uma seita que acreditava na remissão dos pecados pelo trabalho exaustivo".[23] Guedali vive ali por sete anos, com Tita e dois filhos, gêmeos nascidos bípedes, participando dessa pequena vizinhança eleita: conversas, festas, atividades em comum e casos velados entre os casais são parte do cotidiano. Embora, a essa altura, São Paulo seja uma cidade murada e violenta – aliás, a casa próxima ao Parque Ibirapuera, onde morava antes, recebe a visita de ladrões –, para o protagonista, mais do que tudo, é fundamental a ilusão de espaço aberto que experimenta dentro

21 TEIXEIRA, 2002.

22 SCLIAR, 2011, p. 132.

23 SCLIAR, 2011, p. 139.

dos muros: agora pode correr, ainda que numa pobre simulação dos galopes pelos campos gaúchos, na frequente companhia de um de seus amigos judeus.

Zygmunt Bauman define o condomínio como "um lugar isolado que fisicamente se situa dentro da cidade, mas, social e idealmente, está fora dela",[24] um pretenso "oásis de tranquilidade e segurança"[25] que abriga um "gueto voluntário"[26] de arrogantes dispostos a viverem a uma distância razoável do deteriorado espaço urbano. No condomínio horizontal da narrativa, também situado nas cercanias de áreas habitadas pela população pobre, que nele atua apenas como mão de obra, ainda se lê a busca por laços solidários de uma comunidade ideal – motivação invalidada na contemporaneidade, quando o medo da violência e o desejo de insulação excludente são fatores muito mais categóricos na opção por um desses projetos de moradia. De toda forma, note-se, em meados dos anos 1960, como qualquer empreendimento atual do gênero, o condomínio vende uma ilusão de natureza e de liberdade, dentro de muros altos, comprada pelo centauro dos pampas na tentativa frustrada de apaziguar seu destino partido.

Sem dúvida, na época, a metrópole paulistana já é "pontuada de não-lugares, sem interação, sem marcas ou conexões identitárias"[27] e de lugares "ostensivamente públicos mas enfaticamente

---

24 BAUMAN, 2009, p. 39.

25 BAUMAN, 2009, p. 39-40.

26 BAUMAN, 2009, p. 40.

27 AUGÉ, 2005, p. 95.

não-civis",[28] ao mesmo tempo em que proporciona uma ambivalente acolhida a estrangeiros e sujeitos em trânsito – iguais, ou quase, a Guedali –, forjados por todas as consequências que esse trânsito acarreta. Em sua temporada na cidade, além da inadequação e da singularidade camufladas por ele com relativo êxito, a inquietação e o impulso irrefreável para o galope se mascaram sob essa prática comum da vida urbana: a corrida. Assim:

> Correr é bom. Meus amigos correm todos os dias de manhã, dão pelo menos seis voltas em torno ao parque, dizem que é para evitar o enfarte. Dizem também que a corrida clareia a mente [...] Mas eu sei que não é só por isso que correm. Correm por correr, porque é bom; não fossem as limitações de tempo e de espaço, e os compromissos assumidos, e as famílias, e tudo o mais, correriam em linha reta, iriam para bem longe, para o paraíso dos risonhos corredores, o lugar cujos limites a gente, por mais que corra, jamais ultrapassa; o lugar onde todos só fazem correr – uns de abrigo azul-marinho, outros de calção branco, uns de tênis, e outros de pés descalços, [...] correndo e conversando, correndo e comendo sanduíches, [...] correndo sem parar, como eu corria naquela noite.[29]

Guedali corre em vias arborizadas de parques e do condomínio, assim como muitos moradores de São Paulo; é também fadado ao tráfego, ao deslocamento constante, tal qual tantos tipos urbanos.

---

[28] BAUMAN, 2001, p. 119.

[29] SCLIAR, 2011, p. 68.

Mas é importante salientar que nos referimos aqui a experiências sensível e sensorialmente diversas, vivenciadas de maneiras diferentes. Em outras palavras, a ânsia do centauro por movimento e, sobretudo, a sua fruição, não são as mesmas do trabalhador citadino – apressado, estressado e normatizado –, nem se igualam às do ocioso *flâneur*.

Para Sennett, a transferência geográfica, um dos traços de nossa sociedade, só é possível devido a uma tecnologia da locomoção que promove a velocidade, experiência que, em última instância, garante e facilita o trânsito até lugares muito distantes. Tal experiência, contudo, longe de ser neutra, traz implicações tanto para o corpo do viajante, cada vez mais passivo e desconectado do entorno, quanto para o espaço, que se torna mero lugar de passagem. Para ele:

> Navegar pela geografia da sociedade moderna requer muito pouco esforço físico e, por isso, quase nenhuma vinculação com o que está ao redor. De fato, à medida que as vias são cada vez mais expressas e bem sinalizadas, o motorista precisa cada vez menos dar-se conta das pessoas e das construções para prosseguir no seu movimento. Os deslocamentos são mais rápidos num meio ambiente cujas referências tornam-se secundárias. Assim, a nova geografia leva mais água para os moinhos dos meios de comunicação. O viajante, tanto quanto o telespectador, vive uma experiência narcótica; o cor-

po se move passivamente, anestesiado no espaço, para destinos fragmentados e descontínuos.[30]

Não é esse o caso do indomável centauro, que não se adapta ao mundo das corridas cronometradas, de percursos previstos e de circulação dirigida. O efeito narcotizante da velocidade, apontado por Sennett, tampouco parece se aplicar a ele, que precisa galgar distâncias a esmo, mas, acima de tudo, tocar e sentir o solo. Essa necessidade aos poucos se intensifica, associada a percalços da trama, o que, enfim, inviabiliza sua estada no condomínio e na cidade de São Paulo, forçando-o, mais uma vez, a novos trânsitos.

Vale observar, porém, que, ainda em terras paulistanas, Guedali completa sua transição física: uma noite, durante a corrida habitual, é surpreendido por uma dor insuportável nos cascos, que se abrem "como favas secas",[31] revelando pés "pequenos e delicados como de um bebê".[32] Assim, ao longo do último terço do romance, a despeito de sua aparência totalmente humana, assistimos às aventuras - de volta ao Marrocos e aos campos do Rio Grande - de um centauro que não é mais centauro, mas não se enxerga como homem.

Nesse contexto, não é difícil entender que, mesmo após queimar as botas especiais, o personagem reafirme sua condição de ser híbrido e traga para o centro da cena as patas que não mais existem,

30 SENNETT, 2003, p. 18.

31 SCLIAR, 2011, p. 145.

32 SCLIAR, 2011, p. 146.

da mesma forma que os amputados se referem a um membro fantasma: "Falo de alguém com corpo de ser humano, e até pernas e pés humanos; mas com o jeito peculiar de pisar que imprime ao solo a marca inequívoca do casco. Falo num centauro, ou no que resta dele. Falo em Guedali, Tita".[33] Com efeito, é disto que se trata: desaparecidos, patas e cascos, restam sempre a marca no chão e a pisada-visada que fotografa os terrenos e analisa os espaços. No último capítulo, somos informados da residência recente do personagem – um bairro pouco urbanizado de Porto Alegre – e o vemos rejeitando a versão pasteurizada e mais digerível de sua história relatada pela companheira Tita. O último parágrafo registra o personagem sempre alerta e ansioso, correndo em círculos e revolvendo a terra do próprio jardim, nas horas mortas do dia, atento em fugir de olhares curiosos.

Nessa qualidade de ser híbrido, xamã entre dois mundos, Guedali capta com mais perspicácia, e evidencia com maior nitidez, a "ausência de chão", *groundlessness*, a que se refere Ingold como uma das características centrais da cultura urbana e do pensamento ocidental. Segundo o olhar crítico do antropólogo, complementando as palavras de Sennett, o habitante da cidade moderna é não só o indivíduo da indústria e do trabalho, do comércio e de todos os tipos de troca, mas é também o ser humano alçado acima da superfície do solo, aquele que associa a reflexão à estaticidade e o movimento ao simples trânsito para um destino, como se o caminho se resumisse a uma série de não lugares em que a ins-

[33] SCLIAR, 2011, p. 215.

crição no mundo não acontecesse. Decerto em tal cartografia não se encaixa Guedali, criatura liminar atormentada entre dois domínios, ou, quem sabe, comprimida na fronteira entre a natureza e a cultura, que segue acumulando paisagens efêmeras sob seus cascos fantasmas.

REFERÊNCIAS

ASSIS BRASIL, Luiz Antonio. O universo nas ruas do mundo. In: ZILBERMAN, Regina; BERND, Zilá (Org.). *O viajante transcultural*: leituras da obra de Moacyr Scliar. Porto Alegre: EDIPUCRS, 2004. p. 13-33.

AUGÉ, Marc. *Não lugares*: introdução a uma antropologia da supermodernidade. Trad. Maria Lúcia Pereira. Campinas: Papirus, 2005.

BAUMAN, Zygmunt. *Confiança e medo na cidade*. Trad. Eliana Aguiar. Rio de Janeiro: Jorge Zahar, 2009.

BAUMAN, Zygmunt. *Modernidade líquida*. Trad. Plínio Dentzien. Rio de Janeiro: Jorge Zahar, 2001.

CALVINO, Italo. *Seis propostas para o próximo milênio*. Trad. Ivo Barroso. São Paulo: Companhia das Letras, 1991.

CASTRO, Eduardo Viveiros de. Os pronomes cosmológicos e o perspectivismo ameríndio. *Mana*, v. 2, n. 2, p. 115-144, 1996.

CORNELSEN, Elcio Loureiro; CURY, Maria Zilda Ferreira. Espaço étnico e traduções culturais em Moacyr Scliar e Eliezer Levin. In:

ZILBERMAN, Regina; BERND, Zilá (Org.). *O viajante transcultural*: leituras da obra de Moacyr Scliar. Porto Alegre: EDIPUCRS, 2004. p. 159-177.

FÍGOLI, Leonardo H. G. A paisagem como dimensão simbólica do espaço: o mito e a obra de arte. *Sociedade e cultura*, v. 10, n. 1, p. 29-39, jan/jun. 2007.

INGOLD, Tim. *Being Alive*: Essays on Movement, Knowledgment and Description. London/New York: Routledge, 2011.

INGOLD, Tim. *Lines*: a Brief History. London: Routledge, 2007.

PIGLIA, Ricardo. Una propuesta para el nuevo milenio. *Margens/ Márgenes*: Caderno de Cultura. Belo Horizonte/Mar del Plata/Buenos Aires, n. 2, p. 1-3, out. 2001.

SANTOS, Milton. *Metamorfoses do espaço habitado*: fundamentos teóricos e metodológicos da Geografia. Colaboração com Denise Elias. São Paulo: Edusp, 2008.

SCLIAR, Moacyr. *O centauro no jardim*. São Paulo: Companhia das Letras, 2011.

SENNETT, Richard. *Carne e pedra*: o corpo e a cidade na civilização ocidental. Trad. Marcos Aarão Reis. Rio de Janeiro: Record, 2003.

TEIXEIRA, Carlos M. Alphaville e Alphaville. *Arquitextos*, São Paulo, ano 2, n. 21, 2 fev. 2002. Disponível em: <http://www.vitruvius.com.br/revistas/read/arquitextos/02.021/808>. Acesso em: 18 dez. 2017.

WILLIAMS, Raymond. *O campo e a cidade*: na história e na literatura. Trad. Paulo Henriques Britto. São Paulo: Companhia das Letras, 2011.

A crônica de Moacyr Scliar ou a condição judaica

Berta Waldman

Em *A nossa frágil condição humana*: crônicas judaicas, organizado por Regina Zilberman,[1] estão reunidas 68 crônicas de Moacyr Scliar publicadas entre 1977 e 2010 e, destinadas ao jornal *Zero Hora*, com o qual o escritor colaborou desde a primeira metade dos anos 1970 até a sua morte, somando mais de cinco mil textos.

Essa coletânea resulta do que Scliar define como "o olhar do judeu", aquele que, em suas palavras, "vê o que os outros não veem" – depreendendo-se, daí, o que se configuraria como uma condição judaica, ou seja, um modo como o judeu se define e é definido na diáspora e em Israel. A partir desse enfoque, origina-se o objeto de minha análise, que tem como pressuposto o papel fundamental de Scliar na representação da condição judaica nas literaturas brasileira e latino-americana.

1 SCLIAR, 2017.

Uma questão importante a se destacar é a de que houve dois momentos distintos da produção do escritor em sua relação com o leitor. Inicialmente, as crônicas eram publicadas em jornal, mas mudaram de habitat quando selecionadas e impressas em livro, transpondo-se da imediatez de um veículo à permanência do outro. Além disso, se o primeiro amplia o público leitor, o segundo, ressalte-se, é mais seletivo.

Fruto do jornal, a crônica é um gênero literário que se caracteriza por estar mais perto do dia a dia, seja nos temas escolhidos, seja em sua linguagem despojada e coloquial. Mais do que isso, ela surge inesperadamente como um instante de alívio para o leitor fatigado com a frieza muitas vezes pretendida pela objetividade jornalística.

De extensão limitada, essa pausa se caracteriza por se voltar contra as tendências fundamentais do meio em que aparece. Se a notícia, tradicionalmente, deve ser objetiva e impessoal, a crônica é, assumidamente, subjetiva. Se a linguagem jornalística deve ser precisa e enxuta, a crônica pode ser impressionista, digressiva, lírica e, às vezes, irônica. Se o jornalista deve ser metódico e claro, o cronista pode conduzir o leitor sem que este perceba, movido, aparentemente, pelo método menos metódico que existe: o do assunto puxa assunto. A crônica não é, portanto, apenas "filha" do jornal. Ela é, também, o antídoto que o próprio periódico produz para garantir sua variedade e leitura.

Embora a notícia possa ser efêmera, a crônica tem um tempo de vida que depende de seu interesse imediato e de suas qualidades de construção. Apesar do foco no tempo presente, matérias, por exemplo, vinculadas ao conflito árabe-israelense continuam em pauta, passados tantos anos desde a publicação da crônica de Scliar no jornal. Isso porque o conflito perdura de diferentes modos até hoje. Não é, no entanto, dos conflitos que vou tratar, mas de como alguns aspectos do judaísmo motivaram as crônicas de Scliar. Vale lembrar, citando a apresentação de Zilberman em *A nossa frágil condição humana*, que o autor propôs a representação mais completa da religião judaica e da personagem judia na literatura brasileira, abrindo caminho para escritores de outras gerações.

As escolhas temáticas das crônicas de Scliar variam, indo da política à literatura, e os países de seu campo analítico são o Brasil e o Estado de Israel. Além de tratar do convívio árabe-israelense que precisa, segundo ele, ser reconstruído permanentemente, Scliar aborda a situação da literatura hebraica contemporânea, a ética judaica fundada na justiça e no equilíbrio, a representação da Shoah e de seus horrores.

No que tange à literatura hebraica, ele destaca os conjuntos de ensaios "Holocausto e literatura"[2] e "Mensagem de esperança",[3] além de três autores que escreveram sobre o tema em Israel: Aharon Appelfeld, A. B. Yehoshua e David Grossman.

Ainda sem pátria, o povo judeu fez do livro (a Bíblia, o Talmude) a sua pátria. Mas, quando esta ganha configuração geopolítica

[2] SCLIAR, 2017, p. 168-172.

[3] SCLIAR, 2017, p. 173-174.

com a fundação do Estado, a mudança traz transformações que ecoam na literatura e provocam a emergência de um grupo de escritores, que se expressam numa nova (antiga) língua, com nova tonalidade e novo ponto de vista.

É essa camada da realidade a responsável pela relação que se trava entre o escritor judeu-brasileiro Moacyr Scliar e os autores nascidos ou tornados israelenses dos quais ele trata. Dos três que estão em seu horizonte, A. B. Yehoshua, Amós Oz e David Grossman, os dois últimos são sabras, isto é, israelenses nativos e não mais emigrantes. Esse dado faz toda a diferença e a particularidade dessa condição constrói uma relação diferenciada com o judaísmo. O conflito árabe-israelense, por exemplo, muito presente na obra de Grossman, acaba por vir à tona, revelando um traço do judaísmo peculiar, que diz respeito à posse da terra.

Judeus que desejam voltar para Israel podem considerá-lo imaginariamente sua terra mítica. Se, de fato, eles retornam, ser israelense passa a ser constitutivo do ser judeu. Para os judeus da diáspora, nativos de diferentes países, no entanto, uma relação mítica com Israel, a terra prometida, pode não ter, como consequência, a imigração.

Scliar destaca, na crônica "Os dilemas do povo do livro",[4] o caso de Grossman, que foi encarregado por uma revista de fazer uma série de entrevistas sobre os territórios ocupados. Estas resulta-

[4] SCLIAR, 2017, p. 100-104.

ram em *O vento amarelo* que, publicado em 1987, causou comoção em Israel e em outros países. O título alude a uma lenda árabe, segundo a qual um vento amarelo soprará do deserto calcinando os inimigos do Islã.[5]

Nesse livro, Grossman descreve a sombria situação em que viviam os palestinos que, abominando a ocupação, eram dependentes de Israel para conseguir trabalho. É complicado ser israelense e ter que lidar com uma história com a qual individualmente não se concorda. Por outro lado, o judaísmo que se desenvolve a partir daí pode trazer conflitos, sempre que se atribui alguma razão ao inimigo. O trabalho de Grossman despertou furiosas reações, a ponto de o então Primeiro Ministro Yitzhak Shamir acusá-lo de distorcer os fatos e de fazer o jogo dos inimigos de Israel. Mas o escritor tinha razão, avalia Scliar. Três meses depois, iniciou-se a intifada, o levante palestino que acabou resultando, ainda que de forma indireta, às conversações de paz. Grossman tornou-se, nesse caso, um lúcido profeta.

Amós Oz foi outro escritor que batalhou pela paz no Oriente Médio, também objeto dessa crônica de Scliar. Vivendo em Israel e tendo passado pela experiência do *kibutz*, a sua ficção também põe ênfase na necessidade de convívio pacífico entre judeus e árabes:

> Dois povos teimosos (judeus e palestinos), dois povos conhecedores do sofrimento e da perseguição, dois povos que mos-

[5] GROSSMAN, 1987.

> traram, através de uma luta de gerações, que são capazes de determinação e também de devoção – esses dois povos agora têm a chance de usar essas qualidades na construção de uma casa semisseparada. [...] Existe um longo caminho a percorrer, um caminho cheio de fúria e desapontamento, mas pode-se ver ao longe as primeiras, e hesitantes, luzes da paz.[6]

Um terceiro autor incluído nessa crônica é Aharon Appelfeld. Nascido na Europa, o escritor, sobrevivente da Shoah, chegou ainda criança em Israel e dedicou, muito de sua obra, dentre outros temas locais, à reflexão sobre o extermínio do povo judeu.

A diferença entre judeus israelenses e judeus diaspóricos perante o sionismo é um dos temas tratados em sua literatura. Quem vive em Israel, os sabras, posiciona-se, muitas vezes, pelo simples fato de viver no país, defendendo o Estado. Já para os judeus diaspóricos que possuem um vínculo com Israel, importa que haja paz no país e, também, que o lugar onde nasceram e em que vivem não seja inóspito aos judeus.

Essa dupla pertença projeta modos distintos de posicionamento sobre o significado de ser judeu. Vale citar aqui um trecho do poema "Turistas", de Yehuda Amichai, em que há uma visão crítica do escritor israelense em relação ao judeu-turista em Israel:

---

[6] OZ citado por SCLIAR, 2017, p. 102.

> Eles estão aqui para visitas de condolências; é o que fazem,
> Sentados no Memorial do Holocausto, fazendo (com) cara séria
> No Muro das Lamentações,
> Mas rindo atrás das pesadas cortinas dos quartos de hotel.[7]

O poema prossegue com uma narrativa:

> Uma vez eu estava sentado nos degraus perto da Cidadela de Davi com dois pesados cestos a meu lado. Um grupo de turistas estava ali, ao redor de seu guia, e eu tornei-me um ponto de referência: "Veem aquele homem com os cestos? Um pouco à direita de sua cabeça há um arco do período romano". E eu disse a mim mesmo: a redenção virá quando alguém disser a eles: "Veem aquele arco do período romano? Ele não tem nenhuma importância, mas perto dele está um homem que acabou de comprar frutas e verduras para sua família.[8]

Gostaria, ainda, de mencionar, à guisa de conclusão, uma passagem da crônica "Uma cálida noite de outono de 48" (datada de 30/04/1998), em que Scliar recorda de si mesmo, um garoto que caminhava por alguma rua do bairro do Bom Fim, em Porto Alegre, quando se dá conta de que pessoas estavam celebrando algum evento. Por que celebravam? Só no dia seguinte ele ficou sabendo: o Estado de Israel havia sido proclamado. Ele viu como o orgulho, talvez, de uma dignidade recuperada, foi se apossando dos judeus, seus conhecidos. Mas a guerra havia começado de imediato e o

7 AMICHAI citado por SCLIAR, 2017, p. 103.

8 AMICHAI citado por SCLIAR, 2017, p. 103-104.

novo Estado parecia desamparado diante de seus poderosos vizinhos. Dia a dia, o menino acompanhava o conflito pelo rádio e pelo jornal, destacando sua apreensão com a notícia sobre o envio de armas tchecas a Israel. Não seria contraproducente um apoio comunista? Eis uma questão que, como muitas outras, foi engolida pela história: a guerra terminou, os países comunistas deixaram de apoiar Israel e passaram a atacá-lo e, um dia, deixaram de ser comunistas. Israel venceu de novo seus vizinhos em 1967 e obteve territórios, mas não a paz, que continua sendo, como era em 1948, um grande desafio.

O *kibutz* que, para os mais jovens, significava a materialização da utopia socialista, teve seu apogeu e entrou em crise. Em compensação, a ortodoxia religiosa, que antes era mais um objeto de curiosidade, hoje é força política importante em Israel. O trabalho da terra, visto pelos pioneiros como uma forma de redenção de um povo anômalo, perdeu em importância para uma indústria ultrassofisticada. O país exporta tecnologia, uma de suas fontes de riqueza.

Cinquenta anos depois, Scliar recorda, com saudades, do garoto que caminhava pela rua João Telles no dia em que foi proclamado o Estado de Israel. Ele ia para casa. Nessa mesma data, a nação imaginada pelos judeus renasce das cinzas e, em uma coletividade, irmana relações muito distintas.

Como afirma Benedict Anderson em *Comunidades imaginadas*,[9] as nações se concebem sempre como estruturas de camaradagem horizontal. Desse modo, nasce o "nós" coletivo, num laço entre o judaísmo diaspórico e o nacional, relações distintas que criam pontos em comum – é o que ressaltam as crônicas de Scliar e sua ficção, em sentido mais amplo.

Para terminar, lembro que desde seus primeiros romances Scliar acompanhou os conflitos e os desdobramentos decorrentes da imigração dos judeus ao Brasil, localizando-se fora e dentro de seu grupo de origem, mas, vivendo de dentro, a experiência de hibridização de que trata. Assim, o autor, com seu estilo coloquial, sua visão crítica da realidade e ao construir heróis, na maioria das vezes, fracassados, insere-se na literatura brasileira, destacando-se como o representante mais fecundo desse encontro particular de culturas nas letras contemporâneas.

Neste momento, em que Moacyr Scliar já não está entre nós, lembro-me de uma frase de Maurice Blanchot: "Quando estou só, não estou". Destaco, desse modo, o sujeito no processo de criação. O escritor trabalha sozinho e desaparece na escrita, mas nós, seus leitores, o resgatamos e somos resgatados da solidão.

[9] ANDERSON, 2008, p. 13.

REFERÊNCIAS

ANDERSON, Benedict. *Comunidades imaginadas*. Trad. Denise Bottmann. São Paulo: Companhia das Letras, 2008.

GROSSMAN, David. *O vento amarelo*: retrato da Palestina ocupada. Trad. Henrique de Barros. Lisboa: Dom Quixote, 1987.

SCLIAR, Moacyr. *A nossa frágil condição humana*: crônicas judaicas. Organização e prefácio de Regina Zilberman. São Paulo: Companhia das Letras, 2017.

Utopias políticas em *O exército de um homem só* e *A majestade do Xingu*

Elcio Loureiro Cornelsen

Introdução: utopia, utopias políticas e literatura

Este ensaio visa refletir sobre o tratamento literário de utopias políticas em *O exército de um homem só* (1973) e *A majestade do Xingu* (1997) de Moacyr Scliar. Embora essa temática seja tratada de modo distinto nesses romances – um papel central no primeiro, com o protagonista, Mayer Guinzburg, aliás, Capitão Birobidjan, e uma personagem secundária, Sarita, no segundo, uma militante comunista –, ambas as narrativas apresentam uma série de traços em comum, a começar por suas convicções políticas e pela crença no advento de sociedades igualitárias e fraternas.

Se Mayer Guinzburg sonha em fundar a "Nova Birobidjan" em solo brasileiro, reeditando o projeto de assentamento coletivo de judeus na Rússia, Sarita não fica atrás em seus sonhos utópicos, pois militava em prol da ascensão de índios ao poder, fruto de um processo revolucionário de luta de classes tendo à frente um “Stalin índio a projetar sua grande e benfazeja sombra sobre o país, sobre a América Latina”.[1] Em termos estéticos, ironia e humor possibilitam a construção de espaços utópicos, fruto dos devaneios dessas personagens.

Primeiramente, para nossa análise, necessitamos delimitar o conceito de “utopia” e, em especial, de “utopia política”. Não obstante o caráter ambíguo que o conceito assumiu ao longo de sua história, Ecila Meneses e Newton Albuquerque destacam “o papel crucial da utopia como elemento antecipatório da construção política e jurídica de novos modelos civilizatórios, de organização da sociedade, de redelimitação de racionalidades”.[2] Em geral, discursos utópicos, sejam eles de ordem religiosa, metafísica, ou mesmo política, assumem um caráter “salvacionista”.

Em termos etimológicos, o conceito de “utopia”, cunhado inicialmente por Thomas Morus no século XVI, foi, como apontam Meneses e Albuquerque:

> Originado do termo grego *tópos*, antecedido da letra *U* que significa negação, a palavra *Utopia* traduz a noção de não-lugar, fora do tempo. Junto com tal sentido literal, agregou-se a sua interpretação difusa como algo que não existe e é por isso mesmo irrealizável, ou então, como algo que ainda não existe,

1 SCLIAR, 1997, p. 92.

2 MENESES; ALBUQUERQUE, 2017, p. 231.

mas tem o direito a tal, possui a legitimidade subversiva em plasmar-se, alterando o instituído.[3]

As "utopias" procuram oferecer discursos alternativos frente aos discursos da positividade em relação a ordens instituídas, vinculando-se, assim, pelo seu caráter contestatório, a uma "tradição negativista, proto-revolucionária".[4] Como bem ressalta Marilena Chauí, "[a] utopia nasce como um gênero literário – é a narrativa sobre uma sociedade perfeita e feliz – e um discurso político – é a exposição sobre a cidade justa".[5]

Por sua vez, na contemporaneidade, o termo "utopia" adquiriu um sentido negativo, sobretudo frente às chamadas "utopias políticas" que, desenvolvidas a partir do século XIX e fundamentadas por teorias sociais e científicas, embora concretizadas na prática, entraram em declínio. Estamos nos referindo aqui, sobretudo, a discursos que versam sobre "o declínio ou o fim da utopia, decorrente do fracasso das revoluções socialistas, do refluxo do movimento operário mundial e do descrédito que pesa sobre o marxismo",[6] conforme indica Chauí. Na mesma direção, Zygmunt Bauman avalia o suposto declínio da utopia a partir do sentido empregado atualmente em língua inglesa:

---

[3] MENESES; ALBUQUERQUE, 2017, p. 233.

[4] MENESES; ALBUQUERQUE, 2017, p. 233.

[5] CHAUÍ, 2008, p. 1.

[6] CHAUÍ, 2008, p. 2.

> O Thesaurus [dicionário da língua inglesa, de 1892] de Roget, obra aclamada por seu fiel registro das sucessivas mudanças nos usos verbais, tem todo o direito de listar o conceito de utópico como "fantasia", "fantástico", "fictício", "impraticável", "irrealista", "pouco razoável" ou "irracional". Testemunhando assim, talvez, o fim da utopia.[7]

A seguir, lançaremos um olhar sobre o modo como Moacyr Scliar lida ficcionalmente com o tema do declínio da utopia em *O exército de um homem só* e *A majestade do Xingu*.

1 Um projeto político utópico: a "Nova Birobidjan" de Mayer Guinzburg

A personagem central de *O exército de um homem só*, segundo romance de Moacyr Scliar, encerra traços quixotescos. Como ressalta Regina Zilberman, "[d]o Quixote, Birobidjan herdou o comportamento idealista que se depara com as agruras da incompreensão alheia".[8] Mayer Guinzburg, judeu russo que imigrara para a cidade de Porto Alegre ainda menino, transforma-se em Capitão Birobidjan, "herói sem aura de nosso tempo",[9] ao decidir erigir em pleno bairro do Bom Fim a "Nova Birobidjan", fundamentada numa utopia política de caráter socialista. Desde o início do romance, Mayer Guinzburg "é conhecido pela alcunha que

---

[7] BAUMAN, 2017, p. 2.

[8] ZILBERMAN, 2004, p. 67.

[9] SZKLO, 1990, p. 35.

define o modelo desejado de sociedade futura".[10] Contrariando o pai, que queria vê-lo tornar-se rabino, Guinzburg, "personagem carregada de lirismo e força",[11] tencionava reeditar em terras gaúchas o projeto levado a cabo na antiga União Soviética: "Às margens dos rios Bira e Bidjan, na Sibéria, em 1928, foi instalada uma colônia para judeus da Rússia, [onde] poderiam manter sua cultura, desde que afinada com os ideais revolucionários".[12] No romance, enfatiza-se o sentido de tal projeto: "Birobidjan. Um dia os judeus do Bom Fim reconheceriam a importância deste nome. Birobidjan: a redenção do povo judeu, o fim das peregrinações."[13]

Em alguns trechos do romance, a utopia política é apresentada como um acontecimento futuro, por se realizar, como se fosse imaginada e idealizada enquanto algo passível de ser concretizado. Segundo Berta Waldman, "ainda que tingida de ousadia, heroísmo, como também de miséria, fraqueza e melancolia".[14] Um exemplo disso é o encontro de Mayer Guinzburg com sua namorada Léia e com seu amigo José Goldman, logo no início da trama, nos anos 1920, momento em que se prefigura o projeto utópico:

> Mayer Guinzburg tem idéias. Formarão uma colônia coletiva, Léia, José Goldman e ele. [...] Haverá um mastro, onde flutuará ao vento a bandeira de Nova Birobidjan. Semearão milho

[10] ZILBERMAN, 2004, p. 70.
[11] WALDMAN, 2003, p. 123.
[12] MACHADO, 2006, p. 106.
[13] SCLIAR, 2002, p. 9.
[14] WALDMAN, 2003, p. XXXI.

> e feijão. Tratarão as plantas como amigas, como aliadas no grande empreendimento. Criarão um porco – o Companheiro Porco; uma cabra – a Companheira Cabra; uma galinha – a Companheira Galinha.[15]

As tiradas de humor se multiplicam ao longo da narrativa. Um bom exemplo é a interpretação que Mayer Guinzburg faz da Revolução Russa, de outubro de 1917, e a instauração do fim da propriedade privada no novo modelo de economia socialista, conforme relata seu irmão Avram:

> Com a Revolução Russa, Mayer Guinzburg ficou ainda mais revoltado – continua Avram. Acordava à noite gritando: "Às barricadas!" Não me chamava de Avram, mas sim de Companheiro Irmão; e dizia: o que é meu é teu, o que é teu é meu – não há mais propriedade privada. Resolveu que usaríamos até a mesma escova de dentes e, de fato, jogou fora a sua. Eu não quis contrariá-lo, mas deixei de escovar os dentes: tive muitas cáries por causa disto.[16]

Além disso, o discurso de Mayer Guinzburg, desde cedo, foi marcado por jargões e lugares-comuns da teoria marxiana, como revela a passagem na qual a personagem contra-argumentava com seu pai, que queria que o filho se tornasse rabino e estudasse as Sagradas Escrituras, a Mishná e a Guemará: "— Não! – gritava Mayer. — A maior riqueza é a posse dos meios de produção, está

[15] SCLIAR, 2002, p. 9.
[16] SCLIAR, 2002, p. 17.

ouvindo? Estudo, religião! É bem como diz Marx: a religião é o ópio dos povos!".[17]

Imbuído de tal pensamento e tomado de um fanatismo e de uma crença ilimitada na força da Revolução como advento que traria a justiça entre os homens, Mayer Guinzburg não desistiu de fundar a "Nova Birobidjan" e, em 1929, isso se concretiza. Ele reúne os amigos José Goldman, Léia, Berta Kornfeld e Marc Friedmann. Os cinco marcham do Bom Fim para o distante Beco do Salso, onde pretende fundar "Nova Biorbidjan" em uma casa:

> — Iniciamos agora a construção de uma nova sociedade.
> Plantam no chão um grande bambu, à guisa de mastro. Nova Birobidjan ainda não tem bandeira, mas eles hasteiam o lenço colorido de Léia.
> Marc Friedmann abre a porta com dificuldade. A casa está vazia; há somente um velho sofá de couro marrom. O chão de largas tábuas está juncado de insetos mortos.
> Mayer Guinzburg imediatamente divide o grupo em comitês: Comitê de Limpeza, Comitê da Comida, Comitê de Estudos Políticos, este último dirigido por ele mesmo.[18]

Todavia, como aponta Zilberman, essa primeira tentativa de fundar um território judaico-comunista fracassa, pois dura apenas um dia, de modo que o protagonista e seus amigos retornam para casa: "[...] a experiência é frustrante, mas fundadora: Mayer pas-

---

17 SCLIAR, 2002, p. 19.

18 SCLIAR, 2002, p. 23.

sa por um ritual de iniciação que o transforma efetivamente no Capitão Birobidjan, denominação que rechaça, porque utilizado pelos outros à guisa de deboche, mas que corresponde à sua personagem idealista e guerreira".[19]

Após uma longa trajetória, mais de uma década mais tarde, ele voltaria a fazer uma outra tentativa de fundar "Nova Birobidjan", desta feita, sem a namorada Léia, que se tornara uma esposa autoritária e abandonara o idealismo socialista da juventude, e sem o amigo José Goldman, que se tornara adepto da linha stalinista conservadora. Preso aos ideais do passado, sem contar com o amigo e a esposa, Mayer Guinzburg só conta agora com animais, e também com "homenzinhos", frutos de sua fantasia, como sendo o "povo" que o apoia em sua empreitada. Corre o ano de 1942, em plena Segunda Guerra Mundial, e o protagonista retorna à casa de Marc Friedmann, no Beco do Salso. Dessa vez, hasteia uma bandeira de fato: "O terceiro desenho mostra o hasteamento da bandeira de Nova Birobidjan; é uma branca onde o capitão pintou as letras N e B, entrelaçadas a um arado, uma enxada, um torno mecânico e uma proveta".[20] A própria simbologia da bandeira evoca os traços que comporiam esse novo Estado: agricultura, indústria, ciência e tecnologia seriam os pilares de Nova Birobidjan para o advento de uma sociedade igualitária.

Todavia, como bem define o narrador, o protagonista não limitaria as atividades do campo à agricultura, mas a ampliaria também

---

[19] ZILBERMAN, 2004, p. 71-72.

[20] SCLIAR, 2002, p. 55-56.

para a atividade pastoril, lançando mão de alguns animais em seu novo ato fundador: "O Capitão não se dedicará somente às atividades agrícolas. Seu temperamento também é pastoril. E numa das poucas vezes que sai de Nova Birobidjan, traz um porco, uma cabra e uma galinha: o Companheiro Porco, a Companheira Cabra e a Companheira Galinha".[21] Assim, o Capitão Birobidjan compõe uma sociedade *sui generis*, como aponta Célia Maria Borges Machado: "a companheira galinha, rebelde e improdutiva por sinal, que vive a ciscar em locais alheios, sem sequer botar um ovo, o companheiro porco, e a companheira cabra que o alimenta com seu leite".[22] Passadas duas semanas, a "Nova Birobidjan" já se configurava aos olhos do Capitão como um lugar promissor:

> Em quinze dias, Nova Birobidjan começou a tomar forma: a horta estava pronta, os Companheiros Animais tinham casa. Já estava marcado o lugar da futura usina, cujas turbinas gigantescas forneceriam energia para a fábrica de tratores. Num pequeno telheiro tinha sido instalado provisoriamente o Palácio da Cultura. Às noites o Capitão lia trechos de Rosa de Luxemburgo. Às quintas-feiras havia o Festival de Arte Progressista; os desenhos do álbum eram expostos, Birobidjan declamava Maiakóvski [...].[23]

Esse projeto inusitado, fadado ao fracasso, é marcado pela prolife-

---

21 SCLIAR, 2002, p. 57.

22 MACHADO, 2006, p. 87.

23 SCLIAR, 2002, p. 59.

ração de cenas hilariantes, como aquela em que o narrador descreve "A Voz de Nova Birobidjan", jornal redigido e editado pelo Capitão:

> O Capitão dedicava as noites à preparação de "A Voz da Nova Birobidjan". Esse jornal, manuscrito, tinha uma tiragem de um único exemplar. O Capitão o lia para os Companheiros no domingo à noite, afixando-o após no mural do Palácio da Cultura. O cabeçalho ostentava o símbolo de Nova Birobidjan – as letras N e B entrelaçadas a um arado, uma enxada, um torno mecânico, uma paleta, um telescópio, um livro e uma proveta; sob o desenho a frase histórica: "Iniciamos agora a construção de uma nova sociedade". O editorial era uma proclamação dirigida ao Companheiro Porco, à Companheira Cabra e – especialmente – à Companheira Galinha, concitando-os a aumentar a produção. Seguia-se um comentário sobre a situação internacional; Birobidjan anunciava grandes vitórias dos republicanos na Espanha – em 1942! Era mentira, mas como admiti-lo? Como reconhecer que, apesar do brado heróico – "No pasarán", os fascistas haviam passado? Como permitir que o derrotismo dominasse os Companheiros Animais? Que conseqüências desastrosas isto não acarretaria para Nova Birobidjan – a Companheira Cabra dando menos leite, por exemplo?[24]

Portanto, num tom paródico, o discurso político é perpassado pelos delírios e pelas fantasias de Mayer Guinzburg: tudo é motivo

[24] SCLIAR, 2002, p. 60-61.

para desabilitar o discurso oficial. A manipulação da imprensa, por exemplo, se faz presente no único exemplar do órgão de imprensa de Nova Birobidjan. A produtividade de base econômica também é visada, o discurso progressista edificante deve causar otimismo nos Companheiros Animais. Assim como as "religiões políticas" do século XX, o sonho – ou melhor, o devaneio – utópico da Nova Birobidjan também fracassaria em seu confronto com outros seres que buscaram abrigo na casa do Beco do Salso, conforme ressalta Machado:

> Trata-se de quatro trapeiros e uma mulher, habitantes de uma cabana nas proximidades da casa-sede. Os nomes são muito engraçados: Libório, Nandinho, Hortênsio e Fuinha, e a mulher, sabemos depois, Santinha. Esse grupo formava uma sociedade "não-competitiva". Jogavam cartas, bebiam e conversavam o dia inteiro. [...] um dia, luta com o grupo de trapeiros, que lhe tira os companheiros, o porco e a cabra, fazendo deles um churrasco, regado a aguardente.[25]

Gilda Salem Szklo salienta que: "Há uma repercussão dramática que leva as personagens muitas vezes à demência. Elas se tornam prisioneiras de suas utopias, permanecendo incapazes de pensar e desejar outra coisa".[26] Com relação ao protagonista de *O exército de um homem só*, a pesquisadora é categórica em afirmar que "para o Capitão Birobidjan, já é a experiência da marginalidade.

[25] MACHADO, 2006, p. 87-88.

[26] SZKLO, 1990, p. 63.

Transparece no seu inconformismo, na sua rebeldia".[27] Outro aspecto importante é o próprio significado que a "Nova Birobidjan" adquire para o personagem:

> A novela *O exército de um homem só* é a própria visão alegórica da Terra da Promissão, no sentido de que, na mente judia de Mayer Guinzburg, a "Nova Birobidjan", em contraste com a realidade, constituiu a utopia de um socialismo sem repressão política (da abundância e do lazer).[28]

Em suma: *O exército de um homem só,* como o título do romance indica, versa sobre "a revolta solitária de um novo messias",[29] que vive entre a realidade e a fantasia, "num mundo de símbolos petrificados e de faz-de-conta, em que as regras do imaginário devem ser estritamente seguidas".[30] Para Szklo, o romance de Scliar revela ao fim e ao cabo "a falência do herói, de seus ideais revolucionários, a sua degradação física e moral", em tempos "de desesperança, de descrédito nas forças revolucionárias".[31]

---

27 SZKLO, 1990, p. 63.
28 SZKLO, 1990, p. 64.
29 SZKLO, 1990, p. 68.
30 SZKLO, 1990, p. 69.
31 SZKLO, 1990, p. 68.

2 Todo o poder aos "camaradas índios": Sarita e o socialismo utópico nos trópicos

O romance *A majestade do Xingu* também apresenta uma série de personagens que são militantes comunistas, conforme indica Machado: "O narrador elenca um bom número de esquerdistas militantes em sua engenhosa fabulação, tanto personagens históricos quanto ficcionais: Noel Nutels, Samuel Wainer, Sarita, Ezequiel são militantes comunistas e estão, de alguma maneira, interligados".[32] Maria Zilda Ferreira Cury também destaca o papel do narrador-protagonista como uma espécie de feixe de temporalidades e de episódios históricos que produziriam uma hibridação entre vários mundos: "Em sua trajetória, entrecruzam-se as histórias de índios e imigrantes, comunistas, intelectuais e generais da Revolução de 64 no Brasil, amalgamadas às figuras bíblicas do profeta Jonas e de Caim e Abel, de escritores, à lembrança dos *pogroms* da terra natal".[33]

Há, no romance, uma personagem em especial que, aos moldes do Capitão Birobidjan, se alimenta do sonho utópico de outorgar voz e poder aos índios: Sarita, membro da célula do Partido Comunista no Bom Retiro e vizinha do protagonista-narrador inominado. Não se trata, entretanto, de criar um território autônomo, como o são, aparentemente, as reservas indígenas, mas de promover a luta de classes no sentido marxista e, em termos de Estado socialista, no modelo do stalinismo. O irônico na visão de Sarita é que há, em seu

[32] MACHADO, 2006, p. 106.

[33] CURY, 2002, p. 16.

entendimento enviesado, uma equivalência entre os desfavorecidos socialmente e sua suposta etnia, ao que ela define de "índios" e os equipara aos "famélicos da terra" do jargão marxista.

Outras semelhanças podem ser identificadas na construção da personagem Sarita em relação ao protagonista de *O exército de um homem só*: Assim como Mayer Guinzburg, que contraria seu pai ao não se tornar rabino, Sarita também se rebela contra seu pai, Moisés, igualmente imigrante russo e um joalheiro bem-sucedido, visto pela filha como representante do capitalismo a ser combatido. Por assim dizer, Mayer e Sarita se rebelam contra a geração dos pais, imigrantes, sem, entretanto, romper completamente com as raízes e a condição judaica, pois, como lembra Waldman, "filhos e netos de imigrantes absorvem, à sua revelia, traços da tradição de que querem se afastar".[34] Ambos carregam um espírito messiânico e salvacionista, fundamentado em utopias políticas difusas, que os lançam às raias da loucura e, ao mesmo tempo, do risível.

Tais características podem ser vislumbradas em:

> Dominando o que ela [i.e., Sarita] chamava de base teórica, partiu para a ação. Começou fazendo comícios-relâmpago na estação da Luz. Esperava uma hora de movimento – por exemplo, a chegada de um trem –, subia num caixote e punha-se a gritar: camaradas índios, rebelai-vos! Camaradas índios, re-

---

[34] WALDMAN, 2003, p. XXIX.

> cusai a canga que os colonialistas brancos querem colocar no vosso pescoço! Camaradas índios, preparai vossas bordunas, vossos arcos e vossas flechas, vossos frascos de curare, porque, camaradas índios, a batalha final está próxima, a batalha final que terminará com a vossa vitória! [...] Índios vítimas da fome, índios famélicos da terra, de pé, camaradas índios![35]

Enquanto a personagem se vê enredada em seu romantismo utópico, como porta-voz das massas indígenas, aqueles que a ouvem a tomam por louca: "As poucas pessoas que paravam para ouvi-la espantavam-se: índios? Onde estavam os índios? É louca, diziam, e iam embora".[36] De acordo com Waldman, em *A majestade do Xingu*, "o tom melancólico é acompanhado da contraparte humorística, bem ao estilo de Scliar, que não resiste a uma boa piada, ou ao desenho grotesco e hilariante das situações as mais estapafúrdias".[37] Nesse sentido, o melancólico cede espaço ao riso, pela incompreensão de Sarita diante do quadro social brasileiro, tornando-se, assim, um duplo estranhamento irônico entre o Eu e o Outro: Sarita vê os socialmente desfavorecidos como representantes genuínos dos "índios", enquanto eles, membros de uma população altamente miscigenada, não se reconhecem como tal. Diante disso, o discurso salvacionista utópico proposto por Sarita não os mobiliza, pois é considerado fruto de devaneios de uma jovem militante.

---

35 SCLIAR, 1997, p. 92-93.

36 SCLIAR, 1997, p. 93.

37 WALDMAN, 2003, p. 110.

Conforme também aponta Cury, o humor é uma presença constante na obra de Scliar, "o chamado humor judaico, daquele tipo de humor que, lançando mão dos anacronismos, da paródia, do efeito sobre o leitor, do claro movimento intertextual, volta-se contra si mesmo".[38] Especificamente com relação à personagem Sarita, Cury chama à atenção para um fato: o humor de Scliar desconstrói até mesmo o mito romântico da nacionalidade, pois, ao conclamar os índios para a revolução e a luta armada – de bordunas, arcos e flechas –, "nem Gonçalves Dias – o lírico cantor de nossos silvícolas – é poupado".[39]

Todavia, partilhamos do ponto de vista de Szklo a respeito da fantasia humorística na obra de Scliar, plenamente pertinentes em relação ao romance *A majestade do Xingu*: "examinemos a fantasia neste universo das personagens de Scliar não apenas como o ponto de fuga do presente, aquela utopia que não pode ser alcançada sem capitulação diante da realidade repressiva, mas também como a expressão de uma libertação".[40]

Haveria, assim, em Sarita, um gesto questionador, mesmo que enviesado, diante da sociedade, que a conduz à insatisfação com a ordem instituída e a impele à militância. Nesse caso, a possível crítica bem-humorada recai não na militância em si, gesto de transformação política e social, mas na interpretação equivocada da personagem frente à sociedade brasileira e a sua complexida-

---

[38] CURY, 2002, p. 16-17.

[39] CURY, 2002, p. 26.

[40] SZKLO, 1990, p. 59.

de. Essa interpretação equivocada, de modo inusitado, se faz presente desde o início, quando Sarita procura interpretar o famoso quadro de Victor Meirelles, "A Primeira Missa do Brasil", de 1860, como sendo uma autêntica prefiguração da "luta de classes" entre índios e brancos, conforme relatava em uma de suas idas à loja do narrador-protagonista:

> O que eu via ali? Eu via um padre rezando a missa num altar improvisado; eu via os navegadores portugueses e via os índios, mirando a cena aparentemente deslumbrados. A resposta irritava: você é idiota, gritava, você julga as coisas pela aparência, como todo burguês. Mais calma, explicava: apesar de se tratar de obra de pintor reacionário, era possível ver no quadro o prelúdio da luta de classes que haveria de eclodir em breve. Os índios olhavam a missa: sim; mas com que propósito? Com o propósito de aderir à religião? Não, estavam estudando as táticas usadas pelos brancos para enganar os oprimidos. Aquela missa fora cuidadosamente preparada para ser uma dose maciça do ópio do povo de que falava Marx, com justo desprezo. Mas, tal como ensinava a dialética, gerara efeito oposto. Os portugueses sendo a tese e os índios a antítese, o choque se tornara inevitável. O falso bucolismo do quadro traduzia apenas a calma que precede a tempestade. No momento em que os portugueses desembarcaram estava começando a luta de classes, que ainda continuava, mas que

terminaria inevitavelmente com a vitória dos oprimidos, das vítimas da fome, dos famélicos da terra.[41]

Nessa passagem de *A majestade do Xingu*, torna-se patente os anacronismos que estão presentes no pensamento enviesado de Sarita: o "descobrimento do Brasil" como evento histórico do início do século XVI; a reprodução romântico-pictórica da passagem da Carta de Caminha, na pintura de Victor Meirelles, de 1861; a teoria econômica de base marxiana, de meados do século XIX; por fim, os anos 1930 e a Era Vargas no Brasil. Esses anacronismos tornam-se elementos-chave na produção do efeito de humor. Assim, gerada por um suposto documento secreto do Comintern, "dizendo que o conflito final oporia brancos e índios",[42] outra tirada magnífica de humor no romance, a crença incondicional de Sarita na "revolução" para o advento de uma nova sociedade igualitária se esvai no absurdo produzido por seu discurso.

Se nos basearmos em Oswald Ducrot e na noção de "não dito",[43] há uma ausência patente nesse olhar enviesado de Sarita: negros. Segue, a pintura de Meireles:

41 SCLIAR, 1997, p. 91-92.

42 SCLIAR, 1997, p. 91.

43 DUCROT, 1987, p. 23.

Fig. 1: A Primeira Missa do Brasil (1860), de Victor Meirelles.
Fonte: <https://www.infoescola.com/historia/a-primeira-missa-no-brasil/>

Para o enredo do romance, que contém como elemento central traços biográficos do médico e indigenista judeu Noel Nutels (1913-1973), "o médico dos índios",[44] nascido na atual Ucrânia, companheiro de travessia do Oceano Atlântico do protagonista-narrador, igualmente imigrante, "no navio que nos trouxe para o Brasil em 1921",[45] consideramos que a ausência de negros não é fortuita, ainda mais se levarmos em consideração o fato de que, no país, a discriminação racial e social anda de mãos dadas até nossos dias.

44 SCLIAR, 1997, p. 9.

45 SCLIAR, 1997, p. 10.

Portanto, o discurso de Sarita seria muito menos contundente e bem-humorado se, em vez de índios, negros fossem conclamados à luta. Entretanto, para além da questão do enredo e da posição central de Nutels na narrativa, o que torna a figura do índio, mesmo que enviesada, de destaque, é a inegável paródia do discurso nacionalista que retoma o mito romântico do indígena, explorado na Literatura Brasileira em *Iracema* (1865) e *O Guarani* (1857), de José de Alencar. Aliás, não é por acaso que a namorada do protagonista-narrador se chame Iracema, longe de ser a "virgem dos lábios de mel". Isso, entretanto, mudaria em um outro momento do Brasil, exatamente no período pós-Golpe de 1964, quando Ezequiel, filho do protagonista-narrador, o "Zequi", como era carinhosamente chamado, entra para a militância política ingressando na organização "Zumbi dos Palmares",[46] de modo que, como bem aponta Machado, "[o] autor investe nessa mesma estratégia como pano de fundo para reatualizar, no texto ficcional, a história do herói negro".[47]

A guisa de conclusão: Capitão Birobidjan e Sarita ou dois porta-vozes de utopias políticas em declínio

Esta breve análise comparada das personagens Capitão Birobidjan, de *O exército de um homem só*, e a militante comunista Sarita, de *A majestade do Xingu*, possibilitou-nos vislumbrar alguns aspectos em comum. Origem, conflito geracional e momento políti-

[46] SCLIAR, 1997, p. 139.

[47] MACHADO, 2006, p. 110.

co pré-formatam ambas as personagens que se recusam a aceitar a ordem capitalista instituída, marcada pela exploração e a injustiça, e sonham com uma sociedade utópica, no devir, em que políticas igualitárias seriam adotadas, fazendo com que as mazelas e as desigualdades sociais fossem extintas.

Ambos, Sarita e Mayer Guinzburg, são personagens quixotescas, correndo contra moinhos de vento, fadadas a se estatelarem em seus projetos messiânicos. Sequer contam com um "escudeiro" que os possa auxiliar, como afirma Zilberman, no caso da personagem de *O exército de um homem só*: "contrariamente ao Cavaleiro da Triste Figura, ele trava uma luta solitária, não podendo contar com a lealdade e a solidariedade de um companheiro, como Sancho Pança, no caso da obra de Cervantes".[48] Assim como a obra-prima de Miguel Cervantes apresenta um estágio de decadência do romance de cavalaria, podemos entender as personagens de Scliar como representações de um declínio de utopias políticas. Nota-se, no entanto, que o olhar para os períodos retratados nos respectivos romances se projeta a partir do momento presente de sua escritura, ou seja, das décadas de 1970 e, respectivamente, 1990.

Podemos, aliás, fazer nossas as palavras de Szklo, para definirmos Mayer Guinzburg e Sarita, pois ambas as personagens "assemelham-se ao conhecido 'luftmensch', com seu idealismo e seus esforços chaplinianos para ganhar a vida",[49] em que "o desvario re-

---

48 ZILBERMAN, 2004, p. 67.

49 SZKLO, 1990, p. 36.

força a todo o instante a contradição entre a realidade imaginada e a de fato".[50]

Nesse sentido, o humor tem papel decisivo, pois a aparente demência das personagens produz o risível, despertado pelo absurdo de suas propostas políticas utópicas. Em tempos de liberalismo selvagem, entretanto, o romantismo ideológico Mayer Guinzburg e de Sarita parece estar em baixa, soterrado pelo ressentimento classista em sociedades marcadas historicamente pela exploração e pela desigualdade. Talvez aqui, extraídos de seus discursos perpassados pela crença messiânica de mundos utópicos, tais brados possam soar deveras atuais: "Nada tens a perder, a não ser os teus grilhões!", "Famélicos da terra, rebelai-vos!".[51]

REFERÊNCIAS

BAUMAN, Zygmunt. Utopia, modernidade líquida e progresso [Entrevista]. Trad. Dennis de Oliveira. *Revista Prosa, Verso e Arte*. Rio de Janeiro: Contraponto Editora, p. 1-5, 2017.

CHAUÍ, Marilena. Notas sobre utopia. *Ciência & Cultura*. São Paulo, v. 60, n. esp. 1, p. 1-8, jul. 2008.

CURY, Maria Zilda Ferreira. *Navio de imigrantes, identidades negociadas*. São Paulo: Fundação Memorial da América Latina, 2002.

---

[50] SZKLO, 1990, p. 69.

[51] SCLIAR, 2002, p. 93.

DUCROT, Oswald. *O dizer e o dito*. Trad. Eduardo Guimarães. Campinas: Pontes, 1987.

MACHADO, Célia Machado Borges. *Memória e narrativa no romance 'A majestade do Xingu' de Moacyr Scliar*. 2006. 136 f. Dissertação (Mestrado em Estudos Literários) – Faculdade de Letras, Universidade Federal de Minas Gerais, Belo Horizonte, 2006.

MENESES, Ecila Moreira de; ALBUQUERQUE, Newton de Menezes. A utopia e sua atualidade: a democracia como radicalização instituinte da política na reconstrução do comum. *Revice: Revista de Ciências do Estado*, Belo Horizonte, v. 2, n. 1, p. 231-263, jan./jul. 2017.

SCLIAR, Moacyr. *A majestade do Xingu*. São Paulo: Companhia das Letras, 1997.

SCLIAR, Moacyr. *O exército de um homem só*. Porto Alegre: L&PM, 2002.

SZKLO, Gilda Salem. *O Bom Fim do shtetl*: Moacyr Scliar. São Paulo: Perspectiva, 1990.

WALDMAN, Berta. *Entre passos e rastros*: presença judaica na literatura brasileira contemporânea. São Paulo: Perspectiva/Fapesp/Associação Universitária de Cultura Judaica, 2003.

ZILBERMAN, Regina. Capitão Birobidjan: um idealista para o século XXI. In: ZILBERMAN, Regina; BERND, Zilá (Org.). *O viajante transcultural*: leituras da obra de Moacyr Scliar. Porto Alegre: EDIPUCRS, 2004. p. 67-78.

Contra o preconceito: a literatura infantojuvenil de Moacyr Scliar

Fernanda dos Santos Silveira Moreira

Introdução

Moacyr Scliar possui uma obra multifacetada que abrange os mais variados gêneros e foi, entre os escritores brasileiros, um dos mais humanistas. Ao escrever romances, contos, ensaios e crônicas, ele alcançou inúmeros leitores, em uma trajetória que se desenvolveu concomitantemente à sua atuação como médico sanitarista.

De sua obra de ficção, destaco o premiado romance *O centauro no jardim*;[1] além de *A majestade do Xingu*;[2] *A mulher que escreveu a Bíblia*[3] e *Os leopardos de Kafka*.[4] Como cronista, contribuiu com os jornais *Folha de S. Paulo* e *Zero Hora*. Neste, segundo Regina

---

1 SCLIAR, 1980.

2 SCLIAR, 1997.

3 SCLIAR, 1999.

4 SCLIAR, 2000.

Zilberman, publicou mais de cinco mil crônicas.[5] Dos ensaios, vale lembrar: *A paixão transformada*: história da medicina na literatura[6] e *Enigmas da culpa.*[7]

Scliar também é autor de livros voltados para a infância e para a juventude com mais de trinta títulos dedicados a esse público. Neles, o escritor põe em cena temas e motivos tanto familiares quanto da vida escolar do cotidiano infantojuvenil. Em *Câmera na mão, o Guarani no coração*[8] e *Ciumento de carteirinha,*[9] por exemplo, abordando questões de identidade e memória, no primeiro caso, e de ciúmes e autoestima, no segundo, Scliar cria uma rede intertextual com os clássicos da literatura brasileira: *O Guarani,* de José de Alencar,[10] e *Dom Casmurro,* de Machado de Assis.[11] Em *Uma história só para mim*[12] e em *Aquele estranho colega, o meu pai*[13] são narrados questões familiares e conflitos geracionais. Já

[5] Em 2012, foram publicados 2 volumes com as crônicas escritas por Moacyr Scliar para o jornal *Zero Hora* chamados *A poesia das coisas simples* e *Território da emoção*. Em 2017, foi publicado o terceiro volume, *A nossa frágil condição humana*. Os três volumes foram organizados por Regina Zilberman e publicados pela editora Companhia das Letras.

[6] SCLIAR, 1996.

[7] SCLIAR, 2007a.

[8] SCLIAR, 1998.

[9] SCLIAR, 2006.

[10] ALENCAR, 1857.

[11] ASSIS, 1899.

[12] SCLIAR, 1994.

[13] SCLIAR, 2002a.

em *Os cavalos da República*[14] e em *O Rio Grande Farroupilha*[15] são tematizados importantes momentos históricos brasileiros.

Analisar os textos de Scliar voltados para crianças e jovens amplia nosso conhecimento sobre o autor e sua obra e, também, revela aspectos importantes para os estudos de literatura, em geral, e, infantojuvenil, em particular. Dentre as pesquisas já desenvolvidas, cabe destacar a de Talita Felix Schneider que, em sua dissertação, *O herói na literatura juvenil de Moacyr Scliar*,[16] fez levantamento e descrição desses livros publicados pelo escritor. Schneider analisou o papel do herói em três deles: *Memórias de um aprendiz de escritor*,[17] *Uma história só para mim*[18] e *A palavra mágica*.[19]

Minha abordagem, neste ensaio, tem como objetivo contribuir para a continuidade dos estudos sobre a obra de Scliar, bem como ampliar a reflexão sobre a leitura desses textos na escola, propondo uma aproximação entre *Um sonho no caroço do abacate*[20] e *O irmão que veio de longe*,[21] cujos temas abordam aspectos da cultura e da sociedade brasileira.[22]

14 SCLIAR, 1989.

15 SCLIAR, 1995a.

16 SCHNEIDER, 2012.

17 SCLIAR, 1984.

18 SCLIAR, 1994.

19 SCLIAR, 2007b.

20 SCLIAR, 1995b.

21 SCLIAR, 2002b.

22 Este texto dá continuidade às discussões iniciadas no artigo "Apontamentos sobre *Um sonho no caroço do abacate*, de Moacyr Scliar", publicado em *Cadernos de Língua e Literatura Hebraica*, v. 10, n. 10, 2017. Disponível em: <https://www.revistas.usp.br/cllh/article/view/142466>. Acesso em: 11 fev. 2018.

A escolha desses dois livros relaciona-se à minha experiência como professora do Ensino Fundamental e como pesquisadora da obra de Moacyr Scliar. Tendo atuado no 5º ano do Ensino Fundamental por pouco mais de quatro anos, pude observar questões muito latentes na educação brasileira pública, seja em termos estruturais, seja no que diz respeito a temas cujo debate é tão necessário, como a discriminação, o preconceito e o racismo, suas questões históricas e suas consequências na atual organização de nossa sociedade. Desse modo, os livros aqui analisados trazem para o cenário ficcional dois contextos, o familiar e o escolar. Sua leitura e análise contribuem para a ampliação das discussões sobre esses temas nos espaços de convívio e de aprendizado.

1 *Um sonho no caroço do abacate*

A história de *Um sonho no caroço do abacate* é narrada por um filho de imigrantes judeus lituanos que chegam ao Brasil pouco antes da Segunda Guerra Mundial. Fugindo da pobreza na Europa e preocupados com a ascensão de Hitler, o jovem casal migra para um país desconhecido, cujas esperanças ajudariam a idealizar: fosse pelas promessas de oportunidades de trabalho, fosse pela propagada fartura de alimentos, que lhes eram tão escassos, como o açúcar e as frutas.

Embora não fosse esse o destino imaginado, as dificuldades para emigrar foram determinantes para aceitar a oportunidade que eles viriam a chamar depois de "milagrosa". As condições de vida nas quais viviam em seu país foram assim descritas pelo narrador:

> Gente pobre, eles haviam passado necessidade; meu pai lembrava o inverno rigoroso no qual todas as refeições do dia se resumiam em três batatas - podres, muitas vezes. E ainda havia a ameaça dos tanques dos antissemitas, que periodicamente invadiam a aldeia, surrando, ferindo - e às vezes matando os judeus. Tudo isso eles suportaram. Quando, porém, Hitler ascendeu ao poder, meu pai começou a achar que era a hora de partir.[23]

Foi a possibilidade de se comer abacates à vontade, fruta cara na Europa, o fator decisivo para que a mãe de Mardo se decidisse e os recém-casados deixassem o seu lar para migrar rumo a um novo mundo, um novo país. Uma vez estabelecidos, eles poderiam preparar o caminho para que outras pessoas de suas famílias pudessem migrar também. No entanto, após a chegada do casal ao Brasil, os familiares de ambos foram mortos em campos de concentração.

O Brasil é o destino de outros personagens judeus que Scliar constrói em suas narrativas infanto-juvenis. Em *No caminho dos sonhos,*[24] o jovem Wolf Dreizinger vai de Varsóvia para a Alemanha a fim de completar seus estudos de Química. Com a ascensão Hitler, Wolf é obrigado a fugir para Portugal, onde descobre que seus pais, tais como os parentes de Mardo, haviam sido mortos.

[23] SCLIAR, 1995b, p. 10.

[24] SCLIAR, 1988.

Por isso, sua única esperança é embarcar em um navio cheio de atores que vão encenar a chegada dos portugueses ao Brasil. Sua viagem, com tripulantes representando personagens históricos, como Dom Pedro I e Tiradentes, e folclóricos, como o Saci, é carregada de significados que lhe prenunciam o país para o qual se dirige. A viagem é transformadora. Ela o leva, mesmo antes da chegada, para um país em que ele e sua descendência teriam uma chance de sobreviver.

A adaptação dos pais de Mardo ao Brasil, no entanto, não foi fácil. Aprendendo o novo idioma, o português, o pai passou a vender gravatas pelas ruas de São Paulo, até conseguir abrir uma loja onde "já não vendia só gravatas, mas também cuecas, meias, camisas, à vista, a prazo, de qualquer jeito".[25] A mãe, Dona Ida, reaproveitava alimentos e usava os sacos de farinha que ganhava da padaria para fazer lençóis.

Uma vez conseguindo suprir as necessidades básicas da família, mesmo diante de todas as dificuldades, eles puderam investir no futuro dos filhos. Mardo é o segundo dentre os quatro filhos do casal e, por conta das escolhas e rebeldia do irmão mais velho, passa a ser o filho "responsável" por viver os sonhos do pai de uma vida melhor. Para que o filho tivesse mais disciplina e uma boa formação, o menino é, então, enviado da escola judaica do Bom Retiro para o Colégio Padre Juvêncio, o Juva, onde estudavam apenas rapazes de uma elite branca e católica de São Paulo.

---

[25] SCLIAR, 1995b, p. 14.

Nesse ponto do enredo, Mardo passa, então, a narrar sua trajetória como um adolescente judeu que, por decisão do pai, não sem as reivindicações da mãe, vai estudar em uma escola católica. Em um grupo diferente daquele de seu convívio, o rapaz confronta-se com uma intensificação daquilo que já sofria em períodos de Páscoa, nos quais ele era tomado como o Judas a ser malhado, na rua, pelos meninos do bairro. Seu nome, dado em homenagem ao seu avô Mordecai, era motivo de piada entre os rapazes. Mas não era esse o único motivo:

> Estava claro que eles não riam só do nome. Estava claro que eles riam do judeuzinho. Mesmo sendo o primeiro dia de aula, todos sabiam – estes eficientes canais de comunicação que funcionam nos colégios – da novidade: havia um judeu no Juva. E, se fosse só riso, eu até me daria por satisfeito. Mas eu estava seguro, dolorosamente seguro, de que não perderia por esperar.[26]

Em meio às diárias situações de enfrentamento verbal e físico e de chantagens psicológicas, o menino resolve não se deixar intimidar, esforçando-se para continuar frequentando as aulas e destacando-se por sua aplicação aos estudos, decidido a fazer valer as esperanças do pai. Porém, enquanto Mardo era lembrado, continuamente, das acusações de deicídio pela morte de Cristo, o discurso dos rapazes acabava por causar-lhe sentimentos de culpa:

---

26 SCLIAR, 1995b, p. 22.

> No Bom Retiro, Jesus era uma figura pouco presente, mas ali, no colégio, fazia parte do cotidiano. Para mim, um penoso cotidiano; constantemente eu era lembrado de que meus antepassados tinham acusado a Cristo, que meus antepassados tinham pedido a morte de Cristo. Uma culpa que insensivelmente eu ia assumindo – e ampliando: eu era o réu.[27]

Embora ele não se entendesse como religioso e não falasse sobre suas convicções com os colegas, o fato de ser judeu era suficiente para que fosse preterido e se sentisse acusado até mesmo pelos olhares que eles lhe lançavam. Era um estado de permanentes represálias que, depois das férias, Mardo não enfrentaria mais sozinho: havia chegado ao colégio outro aluno, Carlos, um rapaz negro.

Rapidamente, Carlos se torna alvo de discriminação racial e de represálias semelhantes às que o menino judeu enfrentou. A aproximação entre os dois, minorias oprimidas na escola, é rápida. Mas o próprio Mardo se dá conta de como se sente em relação a Carlos:

> Por incrível que pareça, eu, membro de um grupo vítima de preconceito, tinha de lutar contra o meu próprio preconceito, contra a sensação de estranheza e até de desconforto. Hesitei muito, mas acabei contando isso a ele. Não se zangou, ao contrário: se você tivesse me dito que nunca notou a cor da minha pele, eu não acreditaria, disse.[28]

---

27 SCLIAR, 1995b, p. 28.

28 SCLIAR, 1995b, p. 35.

Uma das características de Carlos que salta aos olhos de Mardo é que o novo aluno não era só o primeiro negro do Colégio Padre Juvêncio, mas havia nele algo que o fazia lembrar de um jogo da infância:

> A mim chamava a atenção não só o fato de ser negro, como de usar óculos. Tínhamos um jogo, na minha infância: colecionávamos finais de placas de automóvel. Começávamos pelo um e tínhamos de chegar até o cem. Um torneio de absoluta confiança: valia a palavra do colecionador. Que, em contrapartida, tinha de aceitar uma estranha penalidade: se avistasse um negro de óculos era obrigado a começar de novo. Por que um negro de óculos? Porque eram raros. E por que eram raros? Ora, porque eram pobres, porque não liam. Mas disso eu só me daria conta mais tarde.[29]

O relato, uma situação real vivida por Scliar, aparece na crônica "Negro de óculos", de *Contos e crônicas para ler na escola.*[30] Nela, o arguto cronista aponta para o racismo como base do jogo infantil e completa sua descrição com uma especulação subversiva e irônica:

> uma exceção ominosa, suficientemente ameaçadora para ser interpretada como um risco para o nosso jogo de números. Se os negros começassem a usar óculos, o que aconteceria? Uma subversão completa dos valores então vigentes. Logo esta-

---

[29] SCLIAR, 1995b, p. 32.

[30] SCLIAR, 2011.

riam frequentando colégios, quem sabe até universidades. O que seria um espanto, para dizer o mínimo.[31]

Assim, Scliar incorpora suas lembranças como um menino judeu nas ruas do Bom Fim às vivências do seu personagem, Mardo, no Bom Retiro. Como ele afirma no prefácio de *Um sonho no caroço do abacate:* "Vale a pena, sim, lembrar a nossa própria história quando há nela passagens que podem interessar a todos".[32] Mais do que interessar, a questão do racismo levantada pelos dois textos de Scliar é de fundamental importância.

Os dois rapazes, um judeu branco e um menino negro, representam grupos com trajetórias distintas, mas que experimentaram opressão e tentativas de inferiorização e de supressão de suas identidades, que podem ser aproximadas. Suas vidas podem exemplificar, ainda, histórias de outras minorias que foram, também, tolhidas de direitos civis, mesmo em sociedades de formação tão plural quanto o Brasil.

O estranhamento em relação ao outro, que confronta um ideal hegemônico da sociedade, cuja imagem é construída por representações perpassadas pelo preconceito, é posto em questão nessa narrativa. Com o fortalecimento de sua amizade com Carlos, Mardo acaba por se apaixonar pela irmã do amigo, a jovem Ana Lúcia, causando, assim, outro problema. Ao vê-la, Mardo expressa: "Juro por Deus, qualquer Deus, o do Antigo, do Novo ou do No-

---

[31] SCLIAR, 2011, p. 178.

[32] SCLIAR, 1995b, p. 7.

víssimo Testamento, que quase desmaiei".[33] Os dois começam a namorar e, logo, chegam à conclusão de que "ao contrário do que diz o ditado, nem todos amam os que se amam".[34] Os insultos nas ruas são intensos, mas o que mais desafia o relacionamento dos jovens é a oposição de seus pais, em particular a da mãe de Mardo, Dona Ida.

Marcada pela trajetória de constantes ameaças que não só ela e sua família, mas seus antepassados judeus da Europa enfrentaram, a figura dos *góim*, os não judeus, caracteriza-se, para ela, como o inimigo de quem os judeus precisavam se resguardar. O discurso de Dona Ida ao saber do relacionamento do filho é perpassado por uma grande carga emocional que reflete os muitos medos que ela tem:

> Eu queria que meu filho cursasse a escola judaica aqui no Bom Retiro. Queria que ele aprendesse nossa religião, nossas tradições. Muito bem, ele não era um bom aluno, era indisciplinado. E daí? [...] Precisava atirá-lo nos braços dos *góim*?[35]

O que incomoda a essa mãe não é apenas o fato de o filho namorar uma moça *gói*, mas uma mulata. Ida chega a ponto de dizer: "Se esse aí – apontou-me um trêmulo dedo – continuar namorando a mulata, logo vocês terão um velório para se divertirem. [...] Não digam que eu não avisei. Vocês têm de escolher: ou eu ou a

---

33 SCLIAR, 1995b, p. 38.

34 SCLIAR, 1995b, p. 47.

35 SCLIAR, 1995b, p. 56.

mulata".[36] O jovem Mardo vê-se, então, diante de um impasse: enfrentar a família e todos os preconceitos que ainda estavam por vir ou interromper o relacionamento com Ana Lúcia.

Concomitantemente, o relacionamento de Mardo e Carlos com os demais rapazes do Juva vai se tornando cada vez mais insustentável: eles não são chamados por seus próprios nomes, mas por "judeu" e "negro", por "judeuzinho" e "crioulo". Com cartas que teriam sido pretensamente escritas por Jesus, os rapazes exigiam: "Quero que vocês os expulsem como eu expulsei os vendilhões do templo, a chicote. Antes do fim do ano eles têm de estar fora do colégio".[37]

Em um momento de provocações, Carlos acaba sendo agredido e vai para o hospital em estado grave, mas consegue, felizmente, restabelecer sua saúde. É nessa ocasião que as famílias se abrem uma para a outra, vencendo seus preconceitos e, irmanadas, como indivíduos diferentes, mas ao mesmo tempo iguais, elas são, ambas, vítimas de comportamentos hostis que geram violência.

 Dona Ida não apenas visita o amigo do filho, como também leva, para o rapaz, algumas maçãs, que segundo ela curavam até mesmo "traumatismo craniano". Os vínculos entre as famílias se estreitam. Mardo e Ana Lúcia se casam e têm filhos que se tornam a alegria dos avós.

---

[36] SCLIAR, 1995b, p. 59.

[37] SCLIAR, 1995b, p. 65.

2 *O irmão que veio de longe*

A história de *O irmão que veio de longe* é narrada por Cauê, o segundo de três irmãos, filhos do casal Carlos e Cármen. O pai de Cauê era um indigenista que dedicou boa parte de sua vida ao convívio e ao cuidado de algumas dezenas de índios na Amazônia. De seu amor pela cultura indígena, surgiram os nomes dos três filhos: Poti, Cauê e Jaci. Estes cresceram ouvindo lendas e histórias sobre os índios.

Acometido por um câncer, Carlos vem a falecer e, em meio à tristeza pela morte e pela ausência do pai, Cauê, seus irmãos e sua mãe são surpreendidos por uma notícia: Carlos havia tido um filho com uma jovem índia por quem se apaixonara antes mesmo de conhecer Cármen. Carlinhos, após a morte da mãe durante o parto e o desespero do pai, foi criado com o auxílio de uma velha índia. Esse segredo, que o pai de Cauê tentou contar pouco antes de falecer, estava agora revelado.

O desafio era, portanto, aprender a lidar com a nova situação: ter um irmão até então desconhecido e lidar com o fato de que Carlinhos estava, agora, sozinho. A idosa que dele cuidava havia morrido e os parentes maternos não o reconheciam como parte do grupo, por ser um mestiço. A solução proposta por um amigo do pai era a de que o meio-irmão de Cauê viesse para o Sul viver com eles. A família, então, se reúne para decidir o que fazer:

> Poti não disse nada, nem era necessário: claramente, não queria o tal de Carlinhos em nossa casa. Eu também estava chocado com aquela história, mas de outra forma [...] Ali estava um garoto que eu nunca tinha visto, que vivia longe, que falava diferente, comia diferente, mas com quem eu tinha algo em comum: afinal ele era, como eu, filho do falecido Carlos.[38]

Apesar do choque inicial, e da resistência do filho mais velho, a família decide trazer Carlinhos para morar com eles. De cabelos e olhos pretos, pele cor de bronze, diferente dos seus três irmãos, e vestindo roupas bem simples, o menino chegou ao aeroporto no qual o esperavam Cármen e os filhos Cauê e Jaci. Muito animada, a pequena Jaci logo abraçou o novo irmão e perguntou: " — Você é índio, Carlinhos? Índio de verdade? [...] — Mas você não come gente, come?"[39] Ela era a mais contente de todos com a chegada do novo membro da família, embora sua curiosidade infantil demonstrasse uma visão estereotipada da figura do índio; já os dois rapazes, Poti e Cauê, estavam, visivelmente, desconfortáveis.

Em pouco tempo, Carlinhos se tornou querido não só pela família, mas também pelos vizinhos e pelos colegas da escola. Algumas pessoas, no entanto, insistiam em chamá-lo de "bugrinho", "indiozinho" ou "pele-vermelha". Carlinhos narrava, para os irmãos e para os amigos, as histórias que aprendeu na Amazônia. Todos faziam-lhe muitas perguntas curiosas sobre a língua, os costumes, as lendas. Ele contava as histórias com prazer e entusiasmo, mas

---

[38] SCLIAR, 2002b, p. 23.

[39] SCLIAR, 2002b, p. 35.

também revelava questões históricas e sociais envolvendo as populações indígenas no Brasil:

> — Graças aos índios, os colonizadores ficaram conhecendo o milho, a batata-doce, a abóbora, o caju, o abacaxi, o maracujá, o cacau, a borracha, plantas medicinais. Mas os colonizadores escravizaram os índios, transmitiram-lhes doenças... milhões morreram. As pessoas precisam saber dessas coisas.[40]

A adaptação de Carlinhos ao novo contexto caminhava bem. Ele começava a se sentir integrado à família e à escola. A narrativa toma outro rumo quando, em uma das aulas, um dos alunos, Renato, inicia uma sequência de comentários inesperados:

> — Não sei que graça vocês acham nessas bobagens de índio – dizia, num tom de desprezo. — É só o que eles sabem fazer, contar histórias. Trabalhar, que é bom, nem pensar. Foi por isso que os brancos acabaram com eles. E fizeram muito bem.[41]

Esse comportamento surpreende os colegas e vai se tornando cada vez mais agressivo no decorrer da narrativa. Em princípio, ele é o único a tecer esse tipo de comentário, mas suas palavras refletem um estereótipo da figura do índio, visto muitas vezes, como explicitam Collet, Paladino e Russo[42], "como ser preguiço-

---

[40] SCLIAR, 2002b, p. 54.

[41] SCLIAR, 1995b, p. 60.

[42] COLLET; PALADINO; RUSSO, 2014.

so", não apenas revelando preconceito, mas uma profunda falha na construção do conhecimento histórico que se tem do outro.

Nessa narrativa, Scliar expõe o preconceito e a visão estereotipada da figura do índio brasileiro e traz, para o texto ficcional, questões históricas a serem apreendidas. Ao ensinar sobre guerra biológica, [43] por exemplo, o professor de Ciências de Carlinhos e Cauê relata o que ocorreu a grupos indígenas no Brasil:

> — Guerra biológica, infelizmente, já foi feita muitas vezes, inclusive no Brasil, para exterminar os índios. Para isso usaram a varíola. Essa doença, muito contagiosa, não existe mais, desapareceu com a vacinação; mas antigamente havia epidemias terríveis de varíola. Os caras que queriam as terras indígenas deixavam nas trilhas roupas de doentes. Os índios vestiam as roupas, e, como tinham pouca defesa contra o vírus, adoeciam e morriam como moscas.[44]

O tema trazido pelo professor, no entanto, foi tomado como estratégia de incitação de ódio contra Carlinhos. Renato disseminava papéis com a frase: "Faça como a varíola: acabe com o índio".[45] Sua postura discriminatória contra negros, mulatos e pobres já era conhecida na escola. Mais do que as agressões verbais, o rapaz

---

43 Em "Bioterrorismo, riscos biológicos e medidas de biossegurança aplicáveis ao Brasil", de Dora Rambauske, Telma Cardoso e Marli Navarro, 2014, é citado o caso do uso da varíola para extermínio de grupos indígenas.

44 SCLIAR, 2002b, p. 62.

45 SCLIAR, 2002b, p. 65.

organizaria, com outros colegas, também agressões físicas. Poti e Cauê compreenderam, com essa perseguição, mais profundamente o que era estar na posição de Carlinhos e estavam prontos a brigar por ele. O resultado do confronto, porém, fez com que o menino se tornasse arredio e desanimado, disposto a abandonar a sua nova família e voltar para Amazônia.

A grande virada ocorre quando, em um passeio escolar, a pequena Jaci se perde em uma floresta com Dinho, o irmão de Renato. Em meio ao desespero, Carlinhos decide procurar pelos dois e consegue, por fim, encontrá-los. O rádio noticia o fato: "Garoto usa sua experiência da selva amazônica para encontrar crianças perdidas".[46] Carlinhos é, após esse acontecimento, recebido no colégio com uma grande festa. Renato, contra todas as expectativas, profere as seguintes frases: "Você foi fora de série, cara" [...] "Quer saber? A varíola não está com nada".[47]

3 Semelhanças e diferenças

Os dois livros de Scliar aqui apresentados tratam de temas de grande relevância para o debate de aspectos ainda muito latentes não apenas no contexto escolar, mas na sociedade brasileira como um todo. As duas narrativas tratam de preconceitos religiosos e étnicos, que são enfrentados pelos personagens tanto nas

[46] SCLIAR, 2002b, p. 88.
[47] SCLIAR, 2002b, p. 88.

famílias quanto nas escolas, representando discursos e posicionamentos ainda muito incrustrados socialmente.

Ambas as histórias narram acontecimentos dos personagens no período de sua adolescência, quando a escola ocupa boa parte da vida cotidiana. Esse é um momento de transição e de descobertas, mas, também, de práticas de *bullying*.

Um sonho no caroço do abacate apresenta mais de uma possibilidade de uma reflexão crítica: os preconceitos enfrentados por um jovem judeu filho de imigrantes e por um jovem negro em uma escola católica de maioria branca e rica. Os dois rapazes foram aceitos na escola pela intercessão do Padre Otero, que acreditava ser muito importante, para a transformação dos demais alunos, ter a oportunidade de aprender a conviver com pessoas diferentes daquelas de seu grupo. Embora as motivações para as atitudes discriminatórias sejam diferentes, os dois alunos reconhecem um no outro a força para seguir e enfrentar juntos o grupo que a eles se opõe. Entretanto, a narrativa levanta também a questão daqueles que sofrem perseguições, reconhecendo em si próprios

um preconceito em relação ao outro, muitas vezes de forma velada. Já em *O irmão que veio de longe* apenas um dos rapazes da escola se manifesta em relação a Carlinhos, evidenciando em suas falas conceitos pré-concebidos de maneira racista, mas seu posicionamento reflete preconceitos ainda vigentes no imaginário a respeito dos indígenas no Brasil.

Em ambas as narrativas, o preconceito gera violência. Como antes mencionado, Mardo era tomado como o Judas no período de Páscoa, tendo um dos seus braços quebrados. Seu amigo Carlos, reagindo à enxurrada de provocações, acaba sofrendo um traumatismo craniano. Já Carlinhos entra em uma briga que, além dos ferimentos, vai afetá-lo emocional e psicologicamente, modificando o seu comportamento e seus relacionamentos.

As diferentes histórias desses personagens de Scliar acontecem tanto no ambiente familiar quanto no escolar, mas, nas duas histórias, ocorrem transformações esperançosas: a relação de amizade entre Carlos e Mardo e o namoro e casamento de Mardo e Ana Lúcia permitem que a família do jovem judeu, em particular sua mãe, compreenda outra visão, além da sua própria, sobre os preconceitos sofridos pelos diferentes grupos que compõem a sociedade brasileira e, dessa forma, possa colocar-se no lugar do outro. Em *O irmão que veio de longe*, Poti, Cauê e Jaci, depois do susto inicial da chegada de Carlinhos, passam a se ver como família e se juntam ao irmão para tentar modificar as situações de discriminação pelas quais ele passa. Nas duas narrativas, o afeto é apresentado como capaz de desfazer sentimentos equivocados e preconceitos.

No ambiente escolar, também ocorrem mudanças: por conta da entrada de Mardo e de Carlos no Juva, e todas as experiências por eles vividas no colégio, este passa a receber alunos de todas as religiões, rapazes e moças, tornando-se multifacetado e, por consequência, inclusivo. Na escola de Cauê e Carlinhos, a mudança mais significativa se dá na vida de Renato, que passa a admirar aquele que antes tinha sido alvo de suas provocações e injúrias.

As histórias narradas por Scliar podem oferecer importantes oportunidades para se discutir, no espaço escolar, preconceitos e ações discriminatórias, porque o escritor ao abordar, sob perspectivas aproximadas, as trajetórias de diferentes grupos que compõem a sociedade brasileira, põe em cena a capacidade de transformação que a leitura literária pode engendrar.

4 A literatura infantojuvenil na escola

A literatura infantojuvenil é apontada por diversos pesquisadores e educadores como fundamental para a formação do leitor. Desde os primeiros anos da vida escolar, mesmo antes do período de alfabetização, as crianças podem ser apresentadas a um mundo novo que amplia os horizontes do conhecimento e da imaginação possibilitado pelas histórias ficcionais, tanto por intermédio do seu contato físico com os livros, quanto pelo ouvir as histórias narradas e interpretadas pelos professores.

Segundo Teresa Colomer, em *Andar entre livros*,[48] a escola é um lugar que precisa oferecer aos alunos momentos de leitura literária, seja quando eles podem ler sozinhos, seja nas leituras em

[48] COLOMER, 2007.

grupo, nestas, a experiência da "literatura em sua dimensão socializadora" e crítica é fundamental.

Colomer aponta para a leitura literária como uma "contínua construção de sentido" que possibilita experiências muito significativas aos jovens leitores, criando uma relação dialógica entre o indivíduo, a cultura e a sociedade, e entre si mesmo e o outro:

> A possibilidade de multiplicar a experiência do leitor através da vivência dos personagens e a oportunidade de explorar a conduta humana de um modo compreensível. Como já foi dito em repetidas ocasiões, a literatura permite "ser o outro sem deixar de ser o mesmo" [...] Os livros têm o poder de transportar o leitor no tempo e no espaço, de levá-lo a penetrar em outros modos de vida, mostrar-lhe realidades desconhecidas e proporcionar-lhe o eterno prazer de quem se senta ao lado do viajante que regressa.[49]

Essa capacidade de se colocar no lugar do outro, que "aumenta a capacidade de se relacionar com o mundo" é também estudada por Regina Zilberman em *O papel da literatura na escola*.[50] Segundo a autora, por intermédio da leitura literária, o leitor penetra no "âmbito da alteridade":

> O leitor não esquece suas próprias dimensões, mas expande as fronteiras do conhecido, que absorve através da imagina-

[49] COLOMER, 2007, p. 61.
[50] ZILBERMAN, 2008.

> ção e decifra por meio do intelecto. Por isso, trata-se também de uma atividade bastante completa, raramente substituída por outra, mesmo as de ordem existencial. Essas têm seu sentido aumentado, quando contrapostas às vivências transmitidas pelo texto, de modo que o leitor tende a se enriquecer.[51]

A leitura literária na escola, mais do que formar leitores de textos escritos, afiançam as pesquisadoras, possibilita ao aluno a ampliação dos horizontes sobre si mesmo e sobre sua relação com o outro e com o mundo que o cerca, por meio da leitura individual ou em conjunto.

Conclusão

No artigo 26A da Lei de Diretrizes e Bases da Educação 9394/96, de 20 de dezembro de 1996, especifica-se a importância de se trabalhar temas relativos à história e à cultura dos povos indígenas e negros no Brasil de forma interdisciplinar: "Nos estabelecimentos de ensino fundamental e de ensino médio, públicos e privados, torna-se obrigatório o estudo da história e cultura afro-brasileira e indígena".[52] No parágrafo 2, a literatura é citada, com as artes e a história, como uma das áreas que oferecem especial enfoque a esses temas.

---

51 ZILBERMAN, 2008, p. 17.

52 BRASIL, 2017, p. 21.

Os dois livros de Scliar aqui analisados podem ser trabalhados, na escola, separadamente ou em conjunto, de forma interdisciplinar, evidenciando temas relativos às histórias e às culturas negra e indígena. O papel dos imigrantes, principalmente, o dos judeus, muitas vezes, esquecido, e outras questões enfrentadas por eles podem, também, ser estudados, bem como suas contribuições na formação da cultura e da sociedade brasileira.

A partir das reflexões de Colomer e Zilberman, avaliamos que a literatura pode ocupar um papel fundamental para a conscientização de temas tão necessários contemporaneamente. O direito à literatura dá, ao jovem leitor, oportunidade de se colocar no lugar do outro, de compreender mais do que apenas seu horizonte de experiências e de buscar o entendimento dos diferentes processos que ainda regem nossa sociedade. Para Colomer, a escola deve proporcionar um ambiente em que é "possível beneficiar-se da competência dos outros para construir o sentido e obter o prazer de entender mais e melhor os livros."[53]

Segundo o escritor israelense Amós Oz, a literatura convida o leitor a exercer o "dom da curiosidade, na aptidão para imaginar a vida na pele de cada um dos outros".[54] Ela, a todo momento, está contando algo "que não sabíamos sobre nós mesmos e sobre os outros".[55] Essa disposição da imaginação é um importante passo

---

[53] COLOMER, 2007, p. 143.

[54] OZ, 2016, p. 32.

[55] OZ, 2016, p. 14.

para repensar e retraçar outras trajetórias, para um presente e para um futuro mais igualitário, consciente e solidário.

Como apontado por Eliane Cavalleiro, em *Racismo e anti-racismo na educação*: repensando nossa escola,[56] embora temas como racismo e religião não sejam fáceis de abordar, situações de diálogo envolvendo esses pontos são fundamentais para as discussões que acontecem na escola e que são indispensáveis para se pensar sobre a formação e o exercício da cidadania e da coexistência.

REFERÊNCIAS

ALENCAR, José de. *O Guarani*. Porto Alegre: L&PM, 2010. (1857)

ASSIS, Machado de. *Dom Casmurro*. Porto Alegre: L&PM, 1997. (1899)

BRASIL. *Lei nº 9.394*, de 20 de dezembro de 1996. Estabelece as diretrizes e bases da educação nacional. Brasília: Senado Federal, Coordenação de Edições Técnicas, 2017.

CAVALLEIRO, Eliane (Org.). *Racismo e anti-racismo na educação*: repensando nossa escola. São Paulo: Selo Negro Edições/Summus Editorial, 2001.

COLLET, Célia; PALADINO, Mariana; RUSSO, Kelly. *Quebrando preconceitos*: subsídios para o ensino das culturas e histórias dos povos indígenas. Rio de Janeiro: Contra Capa Livraria/Laced, 2014.

[56] CAVALLEIRO, 2001.

COLOMER, Teresa. *Andar entre livros*: a leitura literária na escola. Trad. Laura Sandroni. São Paulo: Global, 2007.

MOREIRA, Fernanda dos Santos Silveira. Apontamentos sobre *Um sonho no caroço do abacate*, de Moacyr Scliar. *Cadernos de Língua e Literatura Hebraica*, v. 10, n. 10, 2017. Disponível em: <https://www.revistas.usp.br/cllh/article/view/142466>. Acesso em: 11 fev. 2018.

OZ, Amós. *Como curar um fanático*: Israel e Palestina: entre o certo e o certo. Trad. Paulo Geiger. São Paulo: Companhia das Letras, 2016.

RAMBAUSKE, Dora; CARDOSO, Telma; NAVARRO, Marli. Bioterrorismo, riscos biológicos e medidas de biossegurança aplicáveis ao Brasil. *Physis*: *Revista de Saúde Coletiva*. Rio de Janeiro, v. 24, n. 4, p. 1181-1205, 2014.

SCHNEIDER, Talita Félix. *O herói na literatura juvenil de Moacyr Scliar*. 2012. 172 f. Dissertação (Mestrado em Teoria da Literatura) – Faculdade de Letras, Pontifícia Universidade Católica do Rio Grande do Sul, Porto Alegre, 2012.

SCLIAR, Moacyr. *A Majestade do Xingu*. São Paulo: Companhia das Letras, 1997.

SCLIAR, Moacyr. *A mulher que escreveu a Bíblia*. São Paulo: Companhia das Letras, 1999.

SCLIAR, Moacyr. *A nossa frágil condição humana*: crônicas judaicas. São Paulo: Companhia das Letras, 2017.

SCLIAR, Moacyr. *A paixão transformada*: história da medicina na literatura. São Paulo: Companhia das Letras, 1996.

SCLIAR, Moacyr. *A palavra mágica*. São Paulo: Moderna, 2007b.

SCLIAR, Moacyr. *A poesia das coisas simples*. São Paulo: Companhia das Letras, 2012.

SCLIAR, Moacyr. *Aquele estranho colega, o meu pai*. São Paulo: Atual, 2002a.

SCLIAR, Moacyr. *Câmera na mão, o Guarani no coração*. São Paulo: Ática, 1998.

SCLIAR, Moacyr. *Ciumento de carteirinha*. São Paulo: Ática, 2006.

SCLIAR, Moacyr. *Contos e crônicas para ler na escola*. Rio de Janeiro: Objetiva, 2011.

SCLIAR, Moacyr. *Enigmas da culpa*. Rio de Janeiro: Objetiva, 2007a.

SCLIAR, Moacyr. *Memórias de um aprendiz de escritor*. São Paulo: Companhia Editora Nacional, 1984.

SCLIAR, Moacyr. *No caminho dos sonhos*. São Paulo: FTD, 1988.

SCLIAR, Moacyr. *O centauro no jardim*. Rio de Janeiro: Nova Fronteira, 1980.

SCLIAR, Moacyr. *O irmão que veio de longe*. São Paulo: Companhia das Letrinhas, 2002b.

SCLIAR, Moacyr. *O Rio Grande farroupilha*. São Paulo: Ática, 1995a.

SCLIAR, Moacyr. *Os cavalos da República*. São Paulo: FTD, 1989.

SCLIAR, Moacyr. *Os leopardos de Kafka*. São Paulo: Companhia das Letras, 2000.

SCLIAR, Moacyr. *Território da emoção*. São Paulo: Companhia das Letras, 2012.

SCLIAR, Moacyr. *Um sonho no caroço do abacate*. São Paulo: Global, 1995b.

SCLIAR, Moacyr. *Uma história só pra mim*. São Paulo: Atual, 1994.

ZILBERMAN, Regina. O papel da literatura na escola. *Via Atlântica*. São Paulo, n. 14, p. 11-22, 2008.

ZILBERMAN, Regina. O olhar mágico de Moacyr Scliar. Prefácio. In: SCLIAR, Moacyr. *A nossa frágil condição humana:* crônicas judaicas. São Paulo: Companhia das Letras, 2017.

Infância e Shoah em "Na minha suja cabeça, o Holocausto", de Moacyr Scliar

Filipe Menezes

> *Isto? Não é nada, não. É o número de meu telefone. É que sou muito esquecido, sabe? Muito, muito esquecido.*
>
> Moacyr Scliar

A remissão a um evento ocorrido há mais de 70 anos pode parecer distante, mas não quando se trata da Shoah. As vozes dos testemunhos dos sobreviventes ainda ressoam e falam a nós e ao nosso tempo sobre a estupidez e a ignorância humanas em relação ao outro. Nos discursos de ódio que ainda podem ser ouvidos contra imigrantes, populações em situação de risco, pessoas de uma religião não hegemônica ou etnicamente distinta da maioria, percebe-se, quase sempre, de forma subterrânea, mas também, em passeatas em alto e bom som, um incitamento à destruição do outro, mormente, o estrangeiro.

Apesar de todos os esforços que, após todos esses anos, foram empreendidos, guerras e massacres, recriam, ainda hoje, violência e morte. Por isso, o alerta de Primo Levi em *É isto um homem?* é cada vez mais necessário. Nesse belo e terrível testemunho, Levi faz uma avaliação real e concreta da sua experiência como sobrevivente da Shoah. De acordo com o escritor, muitas pessoas, ou muitos povos, chegaram a pensar, conscientemente ou não, que cada estrangeiro é um inimigo.[1]

Segundo Roney Cytrynowicz,

> do ponto de vista do historiador, o que está em questão com o Holocausto, com Auschwitz, não é a morte individual, que pode ser contada pela memória individual, mas o genocídio de um povo executado por um Estado moderno no coração da Europa em pleno século XX.[2]

Estudar e tentar compreender a Shoah significa, portanto, assumir uma postura que põe em cena o exercício de lembrar e de esquecer. Na epígrafe que abre este texto, retirada da crônica "O sobrevivente", de Moacyr Scliar,[3] um sobrevivente, ironicamente, ao responder quando indagado sobre a tatuagem no braço, se diz muito esquecido e até resignado e que o número tatuado é o do seu telefone.

Também no conto "Na minha suja cabeça, o Holocausto",[4] Scliar recria, de forma paradigmática, a visão de uma criança sobre a Shoah a partir do contato dela com um sobrevivente em Porto Alegre. Diferentemente do que acontece com as demais pessoas da comunidade judaica que o acolhem, com senso de responsa-

---

1 LEVI, 2004, p. 7.

2 CYTRYNOWICZ, 2003.

3 SCLIAR, 2017, p. 26-28.

4 SCLIAR, 2003, p. 123-126.

bilidade e apoio fraternal, o narrador desconfia do refugiado ao observar detalhes de seu comportamento que é sempre posto em xeque pelo menino.

Publicado em 1986, na coletânea *O olho enigmático*,[5] esse texto reaparece em *Contos reunidos*, em 2003, na sessão intitulada "A maldade na infância". A infância, assim, é um momento da vida sobre o qual os adultos tendem a se referir, tradicionalmente, como um período sem maldade. Situações como a Shoah, no entanto, não eximiu ninguém do mal, muito menos as crianças. Lembrar a censura feita, por exemplo, a alguns trechos do diário de Anne Frank, nos quais ela trata de sua sexualidade ou avalia a mãe de forma pouco simpática, é um desdobramento possível desse tabu em relação às crianças ou adolescentes e o que se julga adequado ou pertinente de ser ou não dito sobre elas ou por elas.[6]

De acordo com o verbete "As crianças durante o Holocausto" da *Enciclopédia do Holocausto*, publicada pelo United States Holocaust Memorial Museum, os alemães e seus colaboradores assassinaram cerca de 1,5 milhões de crianças, sendo um milhão delas judias. Elas foram vítimas de diversas formas: acossadas nos guetos, as crianças morriam de inanição e frio; quando elas chegavam em Auschwitz-Birkenau, ou em outros campos de extermínio, as autoridades enviavam a maioria delas diretamente para as câmaras de gás.

---

[5] SCLIAR, 1986.

[6] FRANK, 2004.

O menino do conto de Scliar, no entanto, não é, de modo nenhum, uma vítima. Ele tem sua relação com a Shoah por outra via: pouca coisa sabe dos acontecimentos, no entanto, ele se configura como um tipo de testemunha pós-Shoah. A narrativa se inicia com uma tentativa de explicação, "o que seria o Holocausto", naquela "suja cabeça". O narrador se descreve como um menino mirrado, de onze anos, que se diz sujo em diversos aspectos: aparência e roupas, linguagem e, sobretudo, imaginação e caráter que são descritos a partir de uma "sujidade muito grande". Seria motivo de vergonha para sua família, tão bondosa e religiosa, alguém tão sujo como ele nesse contexto de pureza e compaixão? Vale lembrar que "judeu sujo" é um dos insultos antissemitas mais recorrentes e sua repetição, no conto, não é desprovida de significado, porque o que parece estar em questão não seria só a condição espoliada do estrangeiro que será recebido pela comunidade judaica, mas a ingenuidade e a boa-fé daquele grupo que parece não saber se defender.

Em seguida, o narrador retoma o tema do conto, sinalizando para o leitor sobre sua familiaridade ao assunto: parentes teriam perecido na Shoah, e como estavam em 1949, "as lembranças da Grande Guerra são ainda muito recentes. À cidade chegam refugiados da Europa; vêm em busca de parentes, de amigos que possam ajudá-los".[7] Surge, nesse contexto, Mischa, um sobrevivente da Shoah, que procura abrigo em terras brasileiras.

[7] SCLIAR, 2003, p. 123.

A partir daí, Mischa ocupa um lugar de destaque na narrativa: o pobre homem, magro e encurvado, com a tatuagem no braço, tenta sobreviver na cidade, dormindo pelas soleiras das portas. Uma vez notado, porém, é ajudado e, com o tempo, torna-se parte da comunidade judaica local. Uma vez que é um bom contador de histórias, todos querem ouvi-lo. "Ninguém conta histórias como ele. Ninguém descreve, como ele, os horrores do campo de concentração, a imundície, a promiscuidade, a doença, a agonia dos moribundos, a brutalidade dos guardas. Não há quem não chore ao ouvi-lo",[8] descreve detalhadamente o narrador. No entanto, ele não se deixava levar por essas tristes histórias narradas por Mischa. Ao contrário, ele as questionava.

Suas dúvidas não eram gratuitas, uma vez que Mischa, diferente de outros sobreviventes, conta histórias, gosta do público e se satisfaz narrando seus infortúnios. Ele não se enquadra no que o narrador imagina ser um sobrevivente, como era esperado, uma vez que ele não falava iídiche, como os pais do narrador e como todo mundo; e por que, na sinagoga, ele ficava imóvel, em silêncio, quando todos estavam rezando. Os questionamentos sobre a identidade de Mischa e de suas narrativas, o narrador guarda para si, mas eles fervilham em sua cabeça com histórias e fantasias a respeito de uma suposta farsa, compartilhando essas dúvidas com o leitor. Em sua imaginação, ele cria um hipotético encontro de Mischa com outro sobrevivente. Esse encontro desconstruiria,

8 SCLIAR, 2003, p. 124.

definitivamente, o falso testemunho que tinha por objetivo aproveitar a benevolência da comunidade.

Para Primo Levi, as memórias dos sobreviventes constituem-se o material mais consistente para a reconstrução da verdade relacionada aos campos de concentração. As histórias foram contadas por aqueles que sobreviveram por uma combinação de eventos improváveis, mas "se pode bem afirmar que a história dos *Lager* foi escrita quase exclusivamente por aqueles que, como eu próprio, não tatearam seu fundo".[9] O escritor ressalta que para o bom conhecimento dessa monstruosidade, o *Lager*, como prefere chamar os campos de concentração, não seria o melhor observatório: em meio às condições desumanas, os prisioneiros não podiam adquirir uma visão de conjunto desse universo. Sendo assim, "cercado pela morte, muitas vezes o deportado não era capaz de avaliar a extensão do massacre que se desenrolava sob seus olhos", tentando todos os dias sobreviver, "presos ao solo pela carência de todos os minutos".[10]

No conto de Scliar, tem-se, no mínimo, dois diferentes relatos de possíveis sobreviventes. Em oposição ao amável Mischa, exímio contador de histórias sobre sua triste experiência num *Lager*, aparece outro refugiado, Avigdor, personagem inventado pela mente criativa e "suja" do narrador, como ele mesmo afirma. Este é mais sisudo, não conta histórias, o que o aproxima mais do quase estereótipo do sobrevivente silencioso oriundo dos cam-

9 LEVI, 2004, p. 13-14.

10 LEVI, 2004, p. 13-14.

pos. Na trama, numa situação quase surreal, os dois refugiados disputam um braço-de-ferro durante uma festa e o mais impensável acontece: ambos estão tatuados com o mesmo número. O narrador realiza, nessa situação inusitada, o desejo de sua cabeça suja: desmascarar Mischa. Este seria um impostor, um espertalhão ucraniano que teria se tatuado para se passar por um sobrevivente e explorar os crédulos judeus, utilizando-se de histórias inventadas para conseguir vantagens.

Entre essas duas testemunhas, surge, assim, duas formas de lidar com a experiência da Shoah: uma se utiliza do sofrimento e da farsa para trazer à lembrança os fatos, tentando, de alguma forma, se aproveitar da catástrofe; a outra, mantém-se calada, a fim de, talvez, evitar o sofrimento. Na crônica "Holocausto e literatura", Scliar trata do silêncio no documentário de Claude Lanzmann: "Durante vários minutos tenta, inutilmente, articular palavras, enquanto a câmera o foca impecavelmente. Fica bem claro que só o silêncio como impossibilidade da fala pode dar uma real medida do que foi o genocídio".[11] No conto, o silêncio de Avigdor contrapõe-se ao falatório de Mischa e, dessa forma, delineia, para o leitor, a ideia de que a fala está mais sujeita a subterfúgios do que a mudez.

No entanto, ao criar um embate entre as duas testemunhas, Scliar aponta para o fato de que, em ambas, existem linguagens, e que estas exigem decifração.

---

11 SCLIAR, 2017, p. 170.

Scliar destaca que a Shoah foi tema para vários escritores. Os textos deles, ficcionais ou biográficos, revelam a proporção catastrófica do evento e uma tentativa de compreendê-lo. Ele lembra, ainda, que a Shoah foi uma lição para a humanidade que justifica toda forma de testemunho. "Se não aprendermos com os erros, e os crimes, do passado, estaremos condenados a repeti-los".[12]

Na crônica "O sobrevivente", um homem não muito diferente dos outros dois refugiados do conto é colocado sob suspeita:

> Dizem que ele passou pela guerra. Dizem que lutou no gueto de Varsóvia contra os nazistas. Dizem que esteve num campo de concentração, que sofreu fome e foi torturado. Dizem que tem gravado na pele do braço um número – o seu número de prisioneiro. Isso é o que dizem.[13]

A repetição do verbo "dizem", não conferindo um sujeito às supostas verdades enunciadas, lança dúvida sobre essas afirmações e desdobra a condição de testemunha do personagem. Novamente, o número tatuado também se destaca com uma provocação: "Perguntem ao homem sobre este número". Na resposta, uma intrigante desculpa: "Isto? Não é nada, não. É o número de meu telefone. É que sou muito esquecido, sabe? Muito, muito esquecido."[14]

---

[12] SCLIAR, 2017, p. 172.

[13] SCLIAR, 2017, p. 27.

[14] SCLIAR, 2017, p. 28.

A pequena crônica se encerra deixando ao leitor a conclusão sobre a anedota. Seria possível que alguém tatuasse um número de telefone no braço para evitar esquecê-lo? No entanto, tudo à volta do personagem o remete ao grande pesadelo, ele "estremece cada vez que ouve no rádio notícias sobre prisões arbitrárias. Sobre tortura de prisioneiros. Sobre massacre de populações indefesas."[15] Eram anos da Ditadura no Brasil, quando, em território brasileiro, a estupidez humana foi traduzida em prisões, torturas e poder sobre o corpo dos perseguidos.

Voltando ao conto, Mischa, "descoberto" em sua farsa, é expulso da comunidade, voltando à mendicância. O tom trágico e condenável se torna, a seguir, de fábula. Das moedas colhidas, ele compra um bilhete de loteria, cujo número é o mesmo da tatuagem e, com ele, ganha o jogo. Tornando-se rico, a falsa marca, aquela que lhe rendeu um prêmio, passa a incomodá-lo e ele morre de choque, em lenta agonia, quando se submete a uma cirurgia para retirar a tatuagem. Somente com a morte de Mischa é possível ao narrador evitar o constrangimento e a culpa, dos pais e dos vizinhos, de acreditar nos falsos depoimentos?

Primo Levi afirma que os leitores de É isto um homem?, publicado em 1947 e traduzido para o alemão em 1960, seriam os mesmos que viveram tudo o que aconteceu na Alemanha, e não somente seus descendentes:

15 SCLIAR, 2017, p. 27.

> de opressores ou espectadores indiferentes eles se tornariam leitores: eu os forçaria a ficar diante de um espelho. Chegara a hora de acertas as contas, de pôr as cartas na mesa. Sobretudo, a hora do diálogo [...] A mim competia compreender, compreendê-los.[16]

Assim que foi publicado o livro em alemão, Levi recebeu cartas de alguns leitores que tentavam responder à questão colocada no prefácio, ou seja, "se é possível compreender os alemães". Outras cartas foram recebidas nos anos posteriores. Elas expressavam uma vaga "solidariedade, ignorância e distanciamento" e, segundo o escritor, teriam sido escritas pelos filhos e pelos netos dos alemães que viveram a guerra. O trauma, nesse sentido, já não seria mais deles, não teria sido vivido em primeira pessoa. Ele também confessa que seu maior pesadelo, e de todos os sobreviventes, era que as pessoas não quisessem ouvir seus relatos quando regressassem, sobreviventes, do inferno.[17]

Outro contraponto entre o incômodo que representa o testemunho de Mischa, que seria certamente um sobrevivente daquele mundo em ruínas, mas um falso sobrevivente da Shoah, para o narrador do conto, pode ser traçado com "O profeta", de Samuel Rawet, publicado em 19656 em *Contos do imigrante*.[18]

[16] LEVI, 2004, p. 144.

[17] LEVI, 2004, p. 150.

[18] RAWET, 2004.

Nesse texto, um legítimo sobrevivente narra sua história e, com tristeza, percebe o desconforto dos parentes, muitos deles desconhecidos:

> O que lhe ia por dentro seria impossível transmitir no contato superficial que iniciava agora. Deduziu que seus silêncios eram constrangedores. Os silêncios que se sucediam ao questioná-lo sobre si mesmo, sobre o que de mais terrível experimentara. Esquecer o acontecido, nunca.[19]

A personagem não tenta entender o desconforto, porém, registra que, com o tempo, suas histórias deixam de comover e, aos poucos, ele deixa de ser lembrado: "Nas primeiras semanas houve alvoroço e muitas casas a percorrer, muitas mesas em que comer, e em todas revoltava-o o aspecto de coisa *curiosa* que assumia. Com o tempo, arrefecidos os entusiasmos e a curiosidade, ficara só com o irmão".[20] De alguma forma, ele entende que suas histórias não passam de curiosidade e, assim, ao serem repetidas, ninguém mais se interessa por elas. Com isso, e somando seu contínuo isolamento, sua narrativa culmina com seu retorno à Europa devastada, "ia em busca da companhia de semelhantes, semelhantes, sim. Talvez do fim",[21] seus iguais em sofrimento.

As reações dos ouvintes aos testemunhos podem ir desde a completa falta de empatia, como visto nos textos de Levi e Rawet, até

---

19 RAWET, 2004, p. 26.

20 RAWET, 2004, p. 27.

21 RAWET, 2004, p. 27.

o desejo pelo extermínio do que seria a falsa testemunha, como no conto de Scliar. Christini Lima afirma que para esse narrador "o Holocausto não se restringe ao extermínio e aos campos, para ele o Holocausto é a negação, a falta de sensibilidade para com a vítima e a brutalidade de sua imaginação que revitimiza o sobrevivente ao negar-lhe o direito de contar."[22] Ao desqualificar o testemunho da vítima, da Shoah ou não, mesmo sendo, como no conto, uma tramoia, poderia também ser uma forma de relativizar o mal e fazer falar a culpa que surge, também, no ouvinte? Vale lembrar, aqui, a crônica "A culpa do sobrevivente", de Scliar.[23]

Ao fim do conto, após ouvir uma espantosa história sobre montanhas de barra de sabão que teriam sido feitas com a gordura dos inocentes mortos nos campos de concentração, o menino tem um pesadelo que traduz a "memória da ofensa" e atinge não só o sobrevivente, mas o narrador e todos aqueles que dela tomam conhecimento. No pesadelo, o narrador estaria sendo lavado, por Mischa, dentro de uma grande tina de água fétida, esfregado com aquele sabão para "tirar a sujeira da minha língua, da minha cabeça, que precisa tirar a sujeira do mundo".[24] A personagem acorda em profundo sofrimento, soluçando, assombrado pelas histórias de horror que impregnam às narrativas da catástrofe que foi a Shoah.

22 LIMA, 2015, p. 43.

23 SCLIAR, 2007.

24 SCLIAR, 2017, p. 126.

REFERÊNCIAS

AS CRIANÇAS durante o Holocausto. In: ENCICLOPÉDIA do Holocausto. Washington: United States Holocaust Memorial Museum. Disponível em: <https://www.ushmm.org/ptbr/holocaust-encyclopedia>. Acesso em: 15 fev. 2018.

CYTRYNOWICZ, Roney. O silêncio do sobrevivente: diálogos e rupturas entre memória e história do Holocausto. In: SELIGMANN-SILVA, Márcio (Org.). *História, memória, literatura*: o testemunho na Era das Catástrofes. Campinas: Editora da Unicamp, 2003. p. 125-140.

FRANK, Anne. *O diário de Anne Frank*. Trad. Ivanir Alves Calado. Rio de Janeiro: Record, 2004.

LEVI, Primo. *Os afogados e os sobreviventes*. Trad. Luiz Sérgio Henriques. São Paulo: Paz e Terra, 2004.

LIMA, Christini Roman de. Entre a voz usurpada e a febre por contar: o sobrevivente como testemunha nas obras de Moacyr Scliar e de Michel Laub. *WebMosaica*: Revista do Instituto Cultural Judaico Marc Chagall, v. 7, n. 2, jul.-dez. 2015.

RAWET, Samuel. O profeta. In:______. *Contos e novelas reunidos*. Rio de Janeiro: Civilização Brasileira, 2004. p. 25-30.

SCLIAR, Moacyr. A culpa do sobrevivente. *Arquivo Maaravi*: Revista Digital de Estudos Judaicos da UFMG. Belo Horizonte, v. 1, n. 1, out. 2007. Disponível em: <http://www.periodicos.letras.ufmg.br/index.php/maaravi/article/view/993>. Acesso em: 27 fev. 2018.

SCLIAR, Moacyr. *A nossa frágil condição humana*: crônicas judaicas. São Paulo: Companhia das Letras, 2017.

SCLIAR, Moacyr. Na minha suja cabeça, o Holocausto. In:______. *Contos reunidos*. São Paulo: Companhia das Letras, 2003. p. 123-126.

SCLIAR, Moacyr. Na minha suja cabeça, o Holocausto. In: ______. *O olho enigmático*. Rio de Janeiro: Editora Guanabara, 1986. p. x-y.

WALDMAN, Berta. Os caminhos da ficção de Moacyr Scliar. *Arquivo Maaravi*: Revista Digital de Estudos Judaicos da UFMG. Belo Horizonte, v. 6, n. 11, p. 21-27, 2012. Disponível em: <http://www.periodicos.letras.ufmg.br/index.php/maaravi/article/view/3069/3023>. Acesso em: 15 fev. 2018.

Nos calcanhares de Esaú: "Diário de um comedor de lentilhas", de Moacyr Scliar

Kênia Maria de Almeida Pereira

Contudo, eu amei Jacó e odiei a Esaú.
Malaquias 1: 2-3

A história milenar de Esaú e Jacó talvez seja um dos mais fascinantes episódios bíblicos que conhecemos. O tema do duplo, revisitado na narrativa sobre os gêmeos que brigam no ventre da mãe, cercados de bênçãos e de maldições, afetos e intrigas, provoca a imaginação de artistas, escritores e poetas ao longo dos tempos. Na literatura brasileira, por exemplo, Machado de Assis, com seu intrigante romance *Esaú e Jacó*, publicado em 1904,[1] dialoga de forma irônica com a Bíblia, redesenhando, pela política, o conflito entre os irmãos Pedro e Paulo. As escaramuças entre os gêmeos representariam um Brasil em transição, dividido entre a Monarquia e a República. Para John Gledson, embora rivais, quando se trata de política, os gêmeos se irmanam num só desejo: "o tipo de poder mais usualmente associado com o outro regime".[2]

---

1 ASSIS, 1973.

2 GLEDSON, 1986, p. 172.

Milton Hatoum, noventa e seis anos depois de Machado de Assis, também irá revisitar o mito bíblico, publicando *Dois irmãos*, em 2000.[3] A trama do romance, calcada, segundo Maria Zilda Cury, "na tradição oral milenar dos narradores das *Mil e uma noites*",[4] gira em torno do ódio entre dois rapazes de família libanesa, Yaqub e Omar: parecidos fisicamente, mas diferentes na personalidade e na maneira de encarar o mundo. Enquanto o mais velho, Yaqub, alcançava sucesso econômico, o mais jovem, Omar, se perdia entre as mesas dos bares e amores escandalosos. No que tange à política, embora ambos tivessem sido avassaladoramente afetados pela ditadura militar, "um [era] conservador, o outro libertário; um apolíneo, o outro dionisíaco".[5]

Para Robert Alter, "as histórias bíblicas revelam sutileza e inventividade surpreendentes, bem como, em muitos casos, um acabamento belo e complexo".[6] Sutileza, inventividade, beleza e complexidade seriam, assim, caraterísticas presentes nas histórias bíblicas que atraem e levam muitos artistas a construir suas obras baseadas nelas.

Mesmo quem nunca leu a Bíblia sabe, mesmo que vagamente, da conflitante e mítica história dos irmãos Esaú e Jacó. Isaac se casa com Rebeca, a esposa era estéril. Ele, então, implora a Deus que

---

[3] HATOUM, 2000.

[4] CURY, 2003, p. 15.

[5] CECCARELLO, 2011, p. 106.

[6] ALTER, 2007, p. 278.

lhe mandasse filhos. Rebeca, finalmente, engravida de gêmeos, e, diz a narrativa bíblica, as crianças brigavam em seu ventre.

Rebeca ouve do próprio Deus essas frases enigmáticas e proféticas: "há duas nações em teu seio, / dois povos saídos de ti, se separarão, / um povo dominará um povo, / o mais velho servirá ao mais novo".[7] Esaú, ruivo e peludo, foi o primeiro a nascer. Em seguida, nasceu Jacó, segurando o calcanhar do irmão. Os gêmeos eram, portanto, desiguais tanto na fisionomia quanto na personalidade, além de que o destino traçara rumos opostos para cada um deles. Esaú, o orgulho do pai, era um hábil caçador. Jacó era um homem tranquilo e preferia estar com a mãe no aconchego das tendas. Certo dia, Esaú volta do campo cansado e faminto e troca, por um cozido de lentilhas preparado pelo irmão, sua primogenitura.

Anos mais tarde, orientado pela mãe, Jacó novamente trapaceia, interceptando a benção de seu pai que seria dada a Esaú. Quando descobre a trama, Esaú se enfurece e ameaça o irmão. No entanto, mais uma vez, Rebeca intercede a favor do filho, fazendo-o fugir para longe. Ele se dirige à casa de seu tio Labão, onde fixa moradia e se apaixona por sua prima Raquel, tornando-se, mais tarde, um rico pastor de ovelhas. Jacó sempre foi o protegido de sua mãe e o preferido de Deus que, além de sempre abençoá-lo e protegê-lo, prometeu que sua descendência se tornaria uma grande nação e "numerosa como a poeira do solo".[8]

---

7 Gn 25:23.

8 Gn 28:14.

Esaú, por sua vez, ao contrário de Jacó, causou muitos dissabores a seus pais. Ele, enganado, troca a primogenitura por um prato de lentilhas, alimenta um sentimento de inimizade contra o irmão e contrai, fora dos planos da tribo, vários casamentos com mulheres estrangeiras. Se Jacó, mesmo com suas artimanhas e logros, passou a ser o afortunado e o benfazejo, o filho da aliança, aquele que daria origem aos filhos de Israel, Esaú, por sua vez, com sua desobediência e revolta, tornou-se o desditoso e o agourento. Seu pai Isaac vaticinou-lhe que ele viveria de sua espada e serviria a seu irmão. Mais tarde, Esaú daria origem aos edomitas, um povo hostil aos hebreus. Tanto ele quanto sua geração seriam amaldiçoados por Deus, o qual, sem disfarçar suas predileções, nem seu ódio contra o gêmeo avermelhado, revela ao profeta Malaquias: "Contudo, eu amei Jacó e odiei a Esaú. Eu fiz de suas montanhas um deserto, e de sua herança, pastagens da estepe".[9]

No entanto, pelos caminhos da literatura contemporânea, pela senha da desconstrução, naquilo que Jacques Derrida nomeia de "inverter a hierarquia",[10] Esaú, o proscrito, sai do espaço do repúdio e da penumbra da maldição, para se tornar, na pena de Moacyr Scliar, personagem principal de um conto, com direito a voz e a letra, com chances de apresentar e de registrar a sua dor e a sua revolta.

9 Ml 1:2-3.

10 DERRIDA, 2001, p. 48.

Em "Diário de um comedor de lentilhas", publicado em *Contos reunidos*,[11] Moacyr Scliar simpatiza-se com o gêmeo condenado, recriando-o com o sabor da ironia e colocando-o no centro de sua narrativa. Assim, ele prefere o edomita Esaú ao patriarca Jacó. Pela imaginação do escritor, vem à tona um Esaú grotesco, magoado e vingativo pelo fato de ter perdido a primogenitura por um simples prato de lentilhas. Desobediente e desbocado, na ficção, o gêmeo cabeludo deixou suas mágoas registradas em um longo e confuso diário, que foi analisado, milhares de anos depois, por alguns estudiosos que acabam abandonando essa estafante pesquisa para se dedicarem a uma tarefa mais rendosa: uma firma de exportação de soja, leguminosa que, ao contrário da lentilha, é considerada "o grão de ouro". Assim, além de prestigiar Esaú em detrimento de Jacó, Scliar substitui a lentilha bíblica pela semente contemporânea.

No mundo imaginativo de Scliar, Esaú, ao contrário de Jacó, domina a escrita e a exerce como forma de vingança tanto contra sua família quanto contra o próprio Deus. Se Jacó brigou com o Anjo do Senhor, sendo tocado por ele, imortalizando-se por sua coragem em lutar contra o sobrenatural, Esaú brigou com as palavras, redigiu suas reivindicações profanas, insistindo em fixá-las para sempre em velhos pergaminhos. Segundo o narrador, Esaú não achava justo que "alguns tivessem tudo ou quase tudo e outros não tivessem nada ou quase nada".[12] Esaú escreve porque, afinal, só consegue se fazer sujeito de sua própria história pela arte de

[11] SCLIAR, 1995, p. 241-244.

[12] SCLIAR, 1995, p. 242.

narrar. E arte, como bem apontou Gilles Deleuze, "é o que resiste: ela resiste à morte, à escravidão, à infâmia, à vergonha".[13] Scliar, segundo Célia Borges, concede aos narradores secundários, um papel "singular, porque nele o antigo e o novo podem se encontrar, e é exatamente esse encontro que promove a aproximação entre memória e tradição".[14]

A escrita de Esaú vem eivada de inúmeros "erros de ortografia" e cheia de mágoas redigidas e entrecortadas por "palavrões". Preterido, ele tem posições desconcertantes em relação à tradição bíblica. Ele pensa, por exemplo, que "Caim tinha feito muito bem em matar Abel e que para os fracos não há lugar nesse mundo".[15]

O narrador onisciente informa, ainda, que os manuscritos do gêmeo rebelde foram encontrados recentemente em uma "ânfora de barro, em uma caverna não distante de sua presumível morada" .[16] Ficcionalmente, os estudiosos que se debruçaram sobre esses textos verificaram que o diário se inicia no dia em que ele, Esaú, perde sua primogenitura. Várias reflexões sobre a leguminosa, culpada pela revolta dele, ocuparão grande parte de seus escritos. Se a lentilha aparece na simbologia como fonte de sorte, riqueza e prosperidade, para Esaú, ela foi a causa de sua ruína e perdição.

---

13 DELEUZE, 1992, p. 214-215.

14 MACHADO, 2006, p. 43.

15 SCLIAR, 1995, p. 242.

16 SCLIAR, 1995, p. 242.

A trajetória desse anti-herói e seu embate com as lentilhas percorrerão diversas fases, registradas ao longo de seu diário. A primeira dessas fase revela-se como um signo de revolta e de desgosto que se acentua com o deboche de amigos e parentes. A segunda etapa aparece na forma de queixas e de interrogações filosóficas: "é justo ser despojado de suas prerrogativas alguém que, por fome (e pode haver algo mais humano do que a fome?), cede à chantagem representada por um prato de lentilhas".[17] Já numa terceira fase, Esaú aparece mais apaziguado, afundado no conformismo, pois, "suspeitava que estava no início de um novo caminho em sua vida".[18] Finalmente, nas últimas etapas de confronto com a leguminosa, ele é acometido de delírios e começa a crer que poderia ganhar dinheiro vendendo o polêmico grão, que ele nomeou de "Lentilha de ouro", apregoando: *"Prove a lentilha que seduziu Esaú"*.[19]

Finalmente, num último sonho, ou numa última ilusão, ele apregoa suas crenças político-sociais nas quais: "o povo contra o consumo imoderado de lentilha, defenderia a extinção da primogenitura, lutaria enfim, por um mundo em que todos fossem iguais e em que comer lentilhas não acarretasse perigo".[20]

Irrequieto e questionador com seu diário de sintaxe confusa e devaneios questionáveis, Esaú, tentando transformar sua derrota em vitória, se recusa a aceitar sua condição de pária, de marginal.

---

17 SCLIAR, 1995, p. 243.

18 SCLIAR, 1995, p. 242.

19 SCLIAR, 1995, p. 244.

20 SCLIAR, 1995, p. 244.

Somente na condição de escriba que ele pôde imortalizar suas dores e reivindicações, embora erre, como outros personagens míticos de Scliar, "solitário pelos labirintos sem fim da rejeição, da culpa, da discriminação racial, social e econômica, criando como alternativa um segundo mundo cheio de fantasias", como aponta Gilda Salem Szklo.[21] A pesquisadora também lembra que uma "das características dos muitos contos de Scliar é seu trabalho anedótico, lúdico, que é a marca do conto de fadas, astuciosamente encarando a realidade sob o espelho do humorismo".[22]

Com sua irreverência e humor, Scliar transgride o cânone sagrado e engendra uma espécie de Bíblia pelo avesso, notável, por exemplo, nos romances *A mulher que escreveu a Bíblia,*[23] *Os vendilhões do templo*[24] e *Manual da paixão solitária.*[25] Se no primeiro e no segundo romance, respectivamente, o escritor parece rir da severidade do Messias e da sabedoria de Salomão, no último, ele troça dos prazeres solitários de Onan.

No que tange às histórias curtas, a ousadia de Scliar novamente surpreende o leitor, uma vez que ele traz, para o centro da narrativa, personagens das bordas, considerados secundários, hereges ou desprezados pelas Escrituras. No conto "As ursas",[26] ele dá

---

21 SZKLO, 1990, p. 26.
22 SZKLO, 1990, p. 157.
23 SCLIAR, 1999.
24 SCLIAR, 2006.
25 SCLIAR, 2008.
26 SCLIAR, 1995, p. 224-226.

voz às crianças, vítimas da maldição do profeta calvo, Eliseu. Em "As pragas",[27] as dez calamidades que se abatem sobre o Egito são filtradas pelo olhar e a escrita de um pobre camponês egípcio, que desconhece tanto o Deus hebreu quanto a missão de Moisés.

De acordo com Berta Waldman, "a simpatia do autor recai sobre o fraco",[28] sobre aquele que foi, por séculos, silenciado e renegado. Ou ainda, Scliar deixa falar aqueles que Michel Foucault chama de homens infames. Esaú se insurge, portanto, com sua escrita apócrifa, contra o poder dos homens e de Deus, contra as convenções milenares. Foucault, em *A ordem do discurso*, escreveu: "Mas, o que há, enfim, de tão perigoso no fato de as pessoas falarem e de seus discursos proliferarem indefinidamente? Onde, afinal, está o perigo?"[29] Ora, Esaú é perigoso porque questiona, porque coloca em xeque crenças e tradições, porque desafia a fé e "trai os ritos".

Depois de troçar das diatribes do licencioso Esaú, Scliar aproveita para ironizar a postura de intelectuais ou estudiosos, supostos arqueólogos peritos em leituras hieroglíficas que se debruçaram sobre o excêntrico documento deixado por um personagem bíblico. Quando percebem que não poderiam extrair desse texto incomum, de complexa sintaxe e ruminações fragmentadas, nenhuma utilidade acadêmica que valorizasse seus currículos ou ampliasse os caminhos da ciência, eles renunciam aos estudos do diário, di-

---

27 SCLIAR, 1995, p. 227-240.

28 WALDMAN, 2003, p. 119.

29 FOUCAULT, 1996, p. 11.

rigindo seus interesses para "campos mais promissores", como criar uma firma para exportar soja ou aplicar na bolsa de Chicago.

Dessa forma, no enunciado, Esaú alfineta seus pais e a tradição, escrevendo que Isaac contraíra casamento "em um mau momento" de sua vida. Na enunciação, sobram farpas afiadas para o *establishment* acadêmico. Scliar contraria, também, temas literários consagrados, que, em sua maioria, preferem incensar a figura de Jacó: Luís de Camões, nos célebres versos de "Sete anos de pastor Jacó servia",[30] Alphonsus de Guimaraens, *com Escada de Jacó,*[31] *ou Padre Antônio Vieira com a imagem alegórica do patriarca no Sermão da Terceira Dominga da Quaresma.*[32]

Esaú, o personagem de Scliar, mesmo com seus parcos conhecimentos gramaticais, registra seus desgostos nas páginas de um diário. Sua pouca destreza com as palavras não o impede de refletir sobre a primogenitura. Sabe-se que o diário, considerado por Michel Foucault, como uma escrita de si, é uma forma do sujeito elaborar e organizar sua subjetividade fragmentada. A escrita de diários, cartas, pequenas anotações do dia a dia, ou mesmo registros de miudezas sobre o cotidiano, desde a Antiguidade, ensina Foucault, eram atividades que auxiliavam o sujeito a "ultrapassar esta ou aquela circunstância difícil (um luto, um exílio, a ruína, a desgraça)".[33] Ou ainda: uma forma de subjetivação do discurso,

30 CAMÕES, 1963.

31 GUIMARAENS, 2001.

32 VIEIRA, 2015.

33 FOUCAULT, 1992, p. 129.

no qual o escriba poderia "captar o já dito; reunir aquilo que se pôde ouvir ou ler, e isto com uma finalidade que não é nada menos que a constituição de si".[34]

Dessa forma, Esaú tenta organizar e elaborar sua própria ruína e desespero, registrando-os, rusticamente, nos velhos papiros. Afinal de contas, ele toma, assim, consciência da falta cometida. Trocar sua primogenitura por lentilhas foi o prenúncio de seu declínio e de sua decadência, uma vez que perderia o direito de gozar de várias prerrogativas, dentre elas, receber o dobro de sua herança. A primogenitura, explica o Pentateuco, é uma regalia, em que o pai dá ao filho mais velho "porção dupla de tudo quanto possuir, pois ele é a primícia da sua virilidade e o direito de primogenitura lhe pertence".[35]

O conto "Diário de um comedor de lentilhas" toca ainda na questão das leis dietéticas e, também, na culinária hebraica. A narrativa faz referências tanto à lentilha quanto ao cabrito. Segundo Scliar, Esaú não apreciava muito a tal leguminosa, símbolo da comunhão e da alegria, mas que, ironicamente, o levará à desunião e à mágoa. Esaú adorava mesmo era a carne de cabrito. Cercada de mitos e de tabus, divididos entre alimentos *kasher* e não *kasher*, puros e impuros, as regras da alimentação dos hebreus figuram, pormenorizadas, em Levítico e Deuteronômio.

---

[34] FOUCAULT, 1992, p. 129.

[35] Dt 21:17.

Marta Topel observa que a alimentação de um povo faz parte de um sistema simbólico-social, que reafirma a identidade de um grupo, dentre eles, os hebreus. Para estes, "o ato mais mundano e rotineiro, como o de comer, torna-se parte medular da experiência religiosa".[36] Ora, o prato predileto de Esaú era o cabrito ou o bode, considerado nas simbologias pré-cristãs como portador de intensa virilidade ou "sensualidade indômita",[37] o que remete aos desejos sexuais intensos do gêmeo ruivo, o qual assumiu casamentos com mulheres de diversos grupos étnicos. O cabrito lembra, ainda, o bode expiatório ou o animal que era selecionado para carregar "os pecados de Israel para o deserto no Iom Kipur".[38] Ora, o bode tem, também, a conotação de ser aquele que é escolhido para ser deixado livre na natureza selvagem, e que levará consigo as profanações de todo um povo. Esaú, liberto das amarras sociais, sente-se livre para escrever e purgar pela escrita suas queixas.

Ao dar às personagens bíblicas, geralmente silenciadas, o poder da palavra, Scliar promove paródias em que a linguagem amplia simbologias e metáforas. De acordo com Linda Hutcheon, "a paródia não é a destruição do passado", mas uma forma de sacralizá-lo e de questioná-lo ao mesmo tempo, uma forma de "desestabilizar a convenção". O escritor enfrenta esse paradoxo pós-moderno, se agarra aos calcanhares de Esaú e acerta o nosso tendão de Aquiles. Ao retomar as Escrituras, relendo-as, incorporando-as pelo aves-

---

36 TOPEL, 2003, p. 1.

37 BIEDERMANN, 1993, p. 56.

38 UNTERMAN, 1992, p. 38.

so, provocando o estranhamento, Scliar desafia, com a sua literatura, tal qual o gêmeo insubmisso, o cânone religioso e a tradição.

REFERÊNCIAS

BÍBLIA de Jerusalém. Vários tradutores. São Paulo: Paulus, 2013.

ALTER, Robert. *A arte da narrativa bíblica*. Trad. Vera Maria Pereira. São Paulo: Companhia das Letras, 2007.

ASSIS, Machado de. *Esaú e Jacó*. Rio de Janeiro: J. Aguillar, 1973.

BIEDERMANN, Hans. *Dicionário ilustrado de símbolos*. Trad. Glória Paschoal de Camargo. São Paulo: Melhoramentos, 1993.

CAMÕES, Luís Vaz de. Sete anos de pastor Jacob servia. In: ______. *Obras completas*. v. 2. São Paulo: Nova Aguilar, 1963. p. 242.

CECCARELLO, Vera Helena Picolo. *A alegoria do dualismo brasileiro na obra "Dois irmãos" de Milton Hatoum*. 2010. 176 f. Dissertação (Mestrado em Sociologia) – Instituto de Filosofia e Ciências Humanas, Universidade Estadual de Campinas, 2011. Disponível em: <http://www.bibliotecadigital.ufmg.br/dspace/bitstream/handle/1843/ECAP-9JLL4W/disserta__o_m_rcio_definitiva.pdf?sequence=1>. Acesso em: 28 mar. 2017.

CULLER, Jonathan. *Sobre a desconstrução*: teoria e crítica do pós-estruturalismo. Trad. Patrícia Burrowes. Rio de Janeiro: Record; Rosa dos Tempos, 1997.

CURY, Maria Zilda Ferreira. Fronteiras da memória na ficção de Milton Hatoum. *Letras*, Santa Maria, n. 26, p. 11-18, jun. 2003. Disponível em: <https://periodicos.ufsm.br/letras/issue/view/647/showToc>. Acesso em: 16 nov. 2017.

DELEUZE, Gilles. *Conversações*. Trad. Guilherme Ivo. São Paulo: Editora 34, 1992.

DERRIDA, Jacques. *Posições*. Trad. Tomaz Tadeu da Silva. Belo Horizonte: Autêntica, 2001.

FOUCAULT, Michel. A escrita de si. In: ______. *O que é um autor*? Trad. José A. Bragança de Miranda e António Fernando Cascais. Lisboa: Passagens, 1992. p. 129-160.

FOUCAULT, Michel. *A ordem do discurso*. Trad. Laura Fraga de Almeida Sampaio. São Paulo: Loyola, 1996.

GLEDSON, John. *Machado de Assis*: ficção e história. Trad. Sônia Coutinho. Rio de Janeiro: Paz e Terra, 1986.

GUIMARAENS, Alphonsus de. *Poesia completa*. São Paulo: Nova Aguilar, 2001.

HATOUM, Milton. *Dois irmãos*. São Paulo: Companhia das Letras, 2000.

HUTCHEON, Linda. *A poética do pós-modernismo*. Trad. Ricardo Cruz. Rio de Janeiro: Imago, 1991.

MACHADO, Célia Machado Borges. *Memória e narrativa no romance 'A majestade do Xingu' de Moacyr Scliar*. 2006. 136 f. Dissertação (Mestrado em Letras: Estudos Literários) – Faculdade de Letras, Universidade Federal de Minas Gerais, Belo Horizonte, 2006.

SCLIAR, Moacyr. *A mulher que escreveu a Bíblia*. São Paulo: Companhia das Letras, 1999.

SCLIAR, Moacyr. *Contos reunidos*. São Paulo: Companhia das Letras, 1995.

SCLIAR, Moacyr. *Manual da paixão solitária*. São Paulo: Companhia das Letras, 2008.

SCLIAR, Moacyr. *Os vendilhões do Templo*. São Paulo: Companhia das Letras, 2006.

SZKLO, Gilda Salem. *O Bom Fim do shtetl*: Moacyr Scliar. São Paulo: Perspectiva, 1990.

TOPEL, Marta F. As leis dietéticas judaicas: um prato cheio para a antropologia. *Horizonte Antropológico*. Porto Alegre, v. 9, n. 19, jul. 2003. Disponível em: <http://www.scielo.br/scielo.php?script=sci_arttext&pid=S0104-71832003000100009>. Acesso em: 18 mai. 2017.

UNTERMAN, Alan. *Dicionário judaico de lendas e tradições*. Trad. Paulo Geiger. Rio de Janeiro: Jorge Zahar, 1992.

VIEIRA, Padre António. *Obra completa Padre António Vieira*. Tomo II parenética, volume III: sermões da quaresma. São Paulo: Loyola, 2015. p. 172-204.

WALDMAN, Berta. *Entre passos e rastros*. São Paulo: Perspectiva, 2003.

O tradutor/traidor em "Notas ao pé da página", de Moacyr Scliar

Késia Oliveira

Jorge Luis Borges em "As versões homéricas"[1] aponta para a importância da tradução para a literatura. Para o escritor, o texto traduzido não ocuparia um lugar secundário em relação ao original, mas seria um *modus operandi* da criação literária. A partir dessa concepção de literatura e estratégia ficcional, as funções de autor e de tradutor se intercambiam e essa reversibilidade é, de forma inusitada, encenada em "Notas ao pé da página",[2] de Moacyr Scliar. O conto é apresentado em curiosas páginas em branco, com cinco notas de rodapé, supostamente escritas pelo tradutor de um texto que é sonegado ao leitor. Como um estranho duplo do autor, esse tradutor intenta, à margem, se inscrever, nesse lugar, como coautor.

O texto invisível é as páginas do diário de um anônimo poeta, já falecido. Nas notas, pouco amáveis, além do desejo de ser autor,

---

1 BORGES, 2008, p. 103-110.

2 SCLIAR, 1995, p. 371-375.

também há o indiscreto relato de um triângulo amoroso formado pelo tradutor, pelo poeta e por uma mulher, referida no texto apenas como “N.”. Por essas notas, o leitor saberá, ou vislumbrará, fragmentariamente, que essa mulher teria abandonado o poeta para se casar com o tradutor.

Nesse sentido, haveria, no conto de Scliar, pelo menos três narrativas. A primeira, o texto das notas, visível aos leitores, que se refere a um segundo texto, a tradução de um terceiro texto (o diário do poeta), ambos invisíveis. Os pares autor/tradutor, ficção/teoria, margem/centro, que podem ser depreendidos da narrativa, apontam para a metalinguagem que, com requinte, desfaz as dicotomias redutoras do sentido. O conto “Notas ao pé de página” delineia-se, portanto, como um fazer narrativo que reflete sobre sua própria construção, em particular, e sobre a literatura, em geral, a partir da reversibilidade de papéis vislumbrada, também, na materialidade da escrita.

O leitor não tem, portanto, acesso à tradução citada nem ao suposto diário do poeta, mas apenas à escrita do tradutor no rodapé,

à margem. O que se lê é, assim, a versão dos fatos contada por esse narrador-tradutor no tradicional espaço reservado às notas: o rodapé. Na primeira nota, o tradutor dá sua versão de como o poeta conheceu aquela que seria sua amante.

N. era secretária na pequena editora que publicou a primeira coletânea de poemas desse escritor, que será, como o leitor ficará sabendo, traído pelo tradutor e pela amante. A maliciosa nota dá o tom da narrativa:

> O relativo sucesso dessa obra se deve, ao menos em parte, aos esforços da própria N. Foi ela quem obteve do proprietário da editora (e para isso teve de prestar-lhe certos favores) a relutante concordância para um empreendimento que, do ponto de vista mercadológico, representava uma aventura de desfecho imprevisível.[3]

A sugestão, entre parêntesis, dos favores, possivelmente sexuais, prestados por N. para que a coletânea seja publicada, intenta, de certo modo, diminuir o valor da obra do poeta. Esse desdém pelo trabalho do escritor, que aparecerá em todo o conto, traz, para o primeiro plano, o tema do duplo prefigurado nos papéis do tradutor e do autor e de um terceiro elemento que irá desencadear a relação entre os dois.

Nas notas seguintes, a deslegitimação do escritor continua e o tradutor pontua trechos do texto traduzido, deixando entrever alguns detalhes da biografia do poeta que, segundo o autor das notas, era de "difícil relacionamento",[4] tinha uma "desmedida ambição"[5] e que mesmo após descobrir o relacionamento que o

---

[3] SCLIAR, 1995, p. 371.

[4] SCLIAR, 1995, p. 373.

[5] SCLIAR, 1995, p. 372.

tradutor havia iniciado com sua amante, "implorou-lhe de joelhos que não o abandonasse".[6]

De acordo com Rosemary Arrojo:

> Também somos informados sobre seus esforços humilhantes para conseguir cair nas graças do tradutor que, como ficamos sabendo, tinha uma reputação que o "enquadrava" na "categoria" das pessoas importantes (p. 372). Além disso, ficamos sabendo que a última vez que os dois se encontraram, pouco antes da morte do poeta, este, como sempre, "veio com a bajulação habitual" e confessou ao tradutor que gostava até mesmo das suas notas de rodapé (p. 375).[7]

Ao desqualificar o escritor-poeta, o tradutor intenta inscrever-se como uma "pessoa importante" que visa ascender à condição de autor a partir de uma série de anotações marginais, no rés do chão da página. A nota de rodapé, nesse sentido, constitui-se como uma metáfora da escrita que se pauta por dois deslocamentos: formal ou espacial, no que diz respeito ao texto na margem da página; e interno ou autoral, em relação ao ponto de vista narrativo.

De acordo com Maria Zilda Ferreira Cury, o deslocamento é uma das características marcantes da literatura contemporânea, na qual "referências, [...] fronteiras e territórios perdem ancoragens seguras para dar lugar aos trânsitos e deslocamentos que confor-

---

[6] SCLIAR, 1995, p. 374.

[7] ARROJO, 2004, p. 30.

mam novos espaços".[8] Nesse movimento, as narrativas, muitas vezes, se configuram como textos que põem em xeque o estatuto da ficção, constituindo-se como uma inscrição híbrida que mescla ficção e crítica.

Para Walter Moser, o conceito de mobilidade é uma das conjunturas do mundo contemporâneo. Para o crítico, há três tipos de movimento: a locomoção, definida como "deslocamento físico dos seres humanos, voluntário ou forçado: viagem, êxodo, fuga, migração"; a mediamoção, "situação em que um indivíduo permanece fisicamente *in loco,* enquanto seu aparelho sensorial capta o movimento e a experiência do mundo simbolicamente representado"; e a arte-moção, "experiência estética do movimento que nos oferecem algumas obras de arte, as instalações, no ato de sua recepção".[9] Essas três abordagens podem ser relacionadas à obra de Scliar.

Para Regina Igel, os personagens do escritor

> podem ser encontrados em Porto Alegre, percorrendo ruas, avenidas, o porto, as margens do Guaíba, ou nas praias e nas fazendas inseridas nos pampas. Na selva amazônica, no Rio de Janeiro, em São Paulo, em Jerusalém ou no Marrocos, as criaturas de Scliar são multifacéticas e multiformes. Nesse ponto, pode-se perceber seus personagens globalizantes, pois

---

[8] CURY, 2012, p. 11-20.

[9] MOSER, 2004.

> eles penetram por quaisquer ambientes, sejam brasileiros ou estrangeiros, familiares ou desconhecidos.[10]

Esses deslocamentos não se dão apenas no enunciado, na história por meio do movimento de seus personagens, mas também na enunciação, no modo como essa história é contada. Desse modo, em "Notas ao pé da página", Scliar dá "visibilidade ao que é invisível" ao trazer para o centro do texto algo pertencente à margem, que é a nota de rodapé. Vê-se, por essa estratégia, que o escritor efetua um deslocamento da própria escrita dentro da página. A disposição do texto em notas abaixo do espaço em branco, a página vazia aponta para uma potencial segunda narrativa, que os leitores não têm acesso.

No ensaio "Una propuesta para el nuevo milenio",[11] Ricardo Piglia elege o deslocamento como uma estratégia discursiva própria da contemporaneidade. Ao lado da leveza, da visibilidade, da multiplicidade, da rapidez, da exatidão e da consistência, o crítico acrescenta uma sétima proposta às pensadas por Italo Calvino.[12] Piglia pensa a condição do escritor latino-americano e, de acordo com Renato Gomes, procura ver as vantagens que não estar no centro às vezes proporciona. Discute-se, assim, o lugar do intelectual, do escritor e da própria literatura, a partir do privilégio da vista do *desplazamiento*, pensando, com isso, o futuro da literatura a partir da margem.

---

[10] IGEL, 2016.

[11] PIGLIA, 2001.

[12] CALVINO, 1999.

Segundo Gomes, essa condição significa sair do centro, deixar a linguagem falar também das bordas. Assim, Scliar, ao eleger esse lugar de enunciação, realiza, no plano do enunciado, uma escrita à margem e, no plano da enunciação, uma forma privilegiada de escrita. A margem, portanto, em "Notas ao pé da página", como uma prática e uma estratégia literária, sinaliza para uma transgressão de hierarquias e limites que se realiza em uma espacialidade textual desde o título do conto.

No plano externo da narrativa, tem-se, pois, uma inversão da disposição tradicional de uma obra. No lugar reservado para o "texto principal", há apenas a página em branco. Esse lugar vazio do ponto de vista gráfico, entretanto, não se apresenta ausente de significado, mas configura-se como um ponto capital porque esse espaço abre possibilidades de leitura, interpretação e compreensão do fazer literário.

Vale lembrar que, em um texto, geralmente, as notas de rodapé destinam-se "a prestar esclarecimentos ou tecer considerações, que não devam ser incluídas no texto, para não interromper a sequência lógica da leitura",[13] constituindo-se, geralmente, como um espaço reservado para explicações de trechos, traduções e/ou referências de citações, indicação de fontes, comentários de críticos e tradutores, informações biográficas, passando, muitas vezes, despercebidas aos olhos dos leitores.

---

[13] FRANÇA, 2007, p. 143.

Por definição formal, segundo Gérard Genette, em *Paratextos editoriais*,[14] a nota se apresenta como "um enunciado de tamanho variado (basta uma palavra) relativo a um segmento mais ou menos determinado de um texto, e disposto seja em frente seja como referência a esse segmento."[15] Esse caráter formal seria, pois, um diferencial do rodapé para outros elementos de um livro, como um prefácio ou posfácio, que, às vezes, são intitulados de "Notas". Ainda conforme Genette, chega-se com a nota "a uma, ou mesmo várias das fronteiras, ou falta de fronteiras, que cercam o campo, eminentemente transicional, do paratexto."[16]

É necessário, entretanto, ressaltar que o vocábulo, apesar de, em termos editoriais, se apresentar, muitas vezes, como um fragmento que não se configuraria tão relevante para estar no texto principal, segundo Peter Burke,[17] as notas já foram consideradas como uma importante fonte de erudição crítica:

> Entre os historiadores, o surgimento da indução estava ligada à da nota de pé de página. O termo "nota de pé de página" não deve ser tomado literalmente. O importante era a difusão da prática de dar algum tipo de orientação ao leitor de um texto particular sobre aonde ir para encontrar a evidência ou informações adicionais, fosse essa informação dada no próprio texto,

[14] GENETTE, 2009.

[15] GENETTE, 2009, p. 281.

[16] GENETTE, 2009, p. 281.

[17] BURKE, 2003.

> à sua margem ("nota lateral"), ao pé ("nota de página" ou "de rodapé"), ao final ou em apêndices especiais de documentos.[18]

A nota de pé de página deixa, assim, de ter um caráter somente de paratexto, como material coadjuvante, que rodeia ou acompanha marginalmente um texto, e adquire um papel singular, atuando como o texto principal.

Na narrativa de Scliar, a nota vai ao encontro à acepção de Burke no que diz respeito a se afastar da ideia de ser um texto inferior, se apresentando como um artifício literário, uma performance, um operador de leitura, um signo do duplo na contemporaneidade: como motivo da trama e como procedimento narrativo.

O paratexto, tradicionalmente visto como um suporte, l;,oconfigura-se, portanto, como um auxílio à leitura e à interpretação. De acordo com Philippe Lane, o paratexto seria "tudo o que se encontra na periferia do texto",[19] mas Scliar subverte essa lógica, promovendo uma ruptura com esse ponto de vista e deslocando o que é principal para a margem. A nota, assim, ganha um sentido metafórico e metalinguístico e, mais do que um elemento acessório, faz parte de um artifício textual que toma o lugar da narrativa e inverte a hierarquia que marca a relação entre texto e seu paratexto.

O tradutor do conto de Scliar, malicioso nas inconfidências, inscreve-se, assim, no corpo-texto de um poeta já morto. Alterando

18 BURKE, 2003, p. 184.

19 LANE citado por MARTINS, 2016.

as noções de autoria e de originalidade e suas implicações na relação entre autor, original, tradutor e tradução, essa pequena, mas paradigmática peça literária, se inscreve na linhagem de textos marcados por uma autorreferencialidade, na qual se tem uma reflexão sobre a escrita na própria escrita. Tal reflexão (e a carga semântica presente nessa palavra, apontando para espelhos e duplos) marca o ponto de vista narrativo, no que diz respeito à conferência de voz ao personagem tradutor, figura, geralmente, invisível ou desconsiderada nas ficções.

No entanto, o ocultamento do personagem-autor é apenas ilusório, pois a escritura do tradutor, que constitui o texto visível que o leitor tem acesso, rompe com a comum invisibilidade atribuída aos tradutores, que, geralmente, realizam seu ofício à margem dos autores.

O texto do narrador-tradutor, escritor das notas e tradutor dos diários, parece deslocar a invisibilidade comumente atribuída ao ofício da tradução para o poeta, personagem que pode ser visto como a figura do autor – de acordo com o tradutor, alguém inseguro, com uma "submissão abjeta" a ele. Esse deslocamento de papéis literários, que se realiza na invisibilidade do autor, revelaria, ainda, um caráter combinatório da narrativa na relação entre tradutor-autor.

Em "Notas ao pé de página", evidencia-se uma "força" do tradutor e a "morte" do autor, reconfigurando, desse modo, as relações entre autores e tradutores e entre originais e traduções, conforme propõe Roland Barthes.[20] Ao criar essa, Scliar expõe, graficamente, em primeiro plano, um espaço vazio para o suposto original traduzido do poeta, e dispõe a narrativa do personagem-tradutor em um local textualmente reservado para ele. A voz do tradutor, convencionalmente relegada às sombras, é, no conto, a única voz narrativa possível de ser acessada pelo leitor.

A narrativa termina com a exposição do desespero do escritor ao saber do *affair* de seu tradutor com sua amante: poeta e tradutor discutem e este argumenta que não faria mais traduções. O autor, por sua vez, implora que o outro permaneça sendo seu tradutor e tem seu pedido aceito: "Acabei concordando (a presente tradução de seu diário é uma prova disso) porque nunca duvidei de seu valor literário."[21] Vê-se, assim, por meio das sugestões de ilegitimidade do escritor, que o tradutor se inscreve, de forma antagônica, como autor, ao apagar do texto o poeta, mas essa estratégia acaba, ironicamente, apontando também para um duplo complementar, portanto, necessário, à figura do escritor. Se toda escrita é uma espécie de tradução, o escritor contemporâneo seria, assim, um tipo de tradutor, visto que ele está sempre copiando e transformando as leituras de outrem em suas próprias palavras.

[20] BARTHES, 1984.

[21] SCLIAR, 1995, p. 375.

REFERÊNCIAS

AGAMBEN, Giorgio. *O que é contemporâneo? e outros ensaios*. Trad. Vinícius Nicastro Honesko. Chapecó: Argos Editora, 2009.

ARROJO, Rosemary. Tradução, (in)fidelidade e gênero num conto de Moacyr Scliar. *Revista Brasileira de Linguística Aplicada*, v. 4, n. 1, p. 27-36, 2004.

BARTHES, Roland. *O rumor da língua*. Trad. António Gonçalves. Lisboa: Edições 70, 1984.

BENJAMIN, Walter. A tarefa-renúncia do tradutor. In: CASTELLO BRANCO, Lucia (Org.). *A tarefa do tradutor, de Walter Benjamin*: quatro traduções para o português. Belo Horizonte: FALE/UFMG, 2008. p. 66-81.

BORGES, Jorge Luis. As versões homéricas. In: ____. *Discussão*. Trad. Josely Vianna Baptista. São Paulo: Companhia das Letras, 2008. p. 103-110.

BURKE, Peter. *Uma história social do conhecimento*: de Gutenberg a Diderot. Trad. Plínio Dentzien. Rio de Janeiro: Jorge Zahar, 2003.

CALVINO, Italo. *Seis propostas para o próximo milênio*. Trad. Ivo Barroso. São Paulo: Companhia das Letras, 1999.

CURY, Maria Zilda Ferreira. Mobilidades literárias: migração e trabalho. *Ipotesi*. Juiz de Fora, v. 16, n 1, p. 11-20, jan./jun. 2012. Disponível em: <http://www.ufjf.br/revistaipotesi/files/2011/05/02-Mobilidades-literarias-Ipotesi_16.1.pdf>. Acesso em: 28 nov. 2018.

FAGUNDES, Carla Ceci Rocha; SANTOS, Rosa Borges dos. Texto e paratexto: por uma proposta editorial. Disponível em: < <http://www.filologia.org.br/xvi_cnlf/tomo_3/234.pdf>. Acesso em: 30 nov. 2018.

FRANÇA, Júnia Lessa. *Manual para normalização de publicações técnico*-científicas. Belo Horizonte: Editora UFMG, 2007.

GENETTE, Gérard. *Paratextos editoriais*. Trad. Álvaro Faleiros. Cotia: Ateliê, 2009.

GOMES Cordeiro, Renato. De Italo Calvino a Ricardo Piglia, do centro para a margem: o deslocamento como proposta para a literatura deste milênio. *Alea*: Estudos Neolatinos, v. 6, n. 1, jan.-jun., p. 13-25, 2004. Disponível em: <http://www.scielo.br/scielo.php?script=sci_arttext&pid=S1517-106X2004000100002>. Acesso em: 30 nov. 2018.

GRAFTON, Anthony. *As origens trágicas da erudição*: pequeno tratado sobre a nota de rodapé. Trad. Enid Abreu Dobránszky. Campinas: Editora Papiros, 1998.

HANCIAU, Nubia Jacques Hanciau. Escrituras e migrações. 2006. Disponível em: <http://hanciau.net/arquivos/Escrituras_e_migracoes_-_Coloquio_Mobilidades_Culturais_-_UFMG--_2006.pdf>. Acesso em: 28 nov. 2018.

IGEL, Regina. Moacyr Scliar e Milton Hatoum: semelhanças e diferenças. *Arquivo Maaravi*: Revista Digital de Estudos Judaicos da UFMG. Belo Horizonte, v. 6, n. 11, out. 2016. Disponível em: <http://www.periodicos.letras.ufmg.br/index.php/maaravi/article/view/3078/3032>. Acesso em: 28 nov. 2018.

MARTINS, Aulus Mandagará. Um cão passeia pela história: narrativa e experiência histórica em *O cão e os caluandas*. *Miscelânea*. Assis, v. 19, p. 77-90, jan.-jun. 2016. Disponível em: <http://www.assis.unesp.br/Home/PosGraduacao/Letras/RevistaMiscelanea/v-19-art-5-aulus-martins.pdf>. Acesso em: 30 nov. 2018.

MOSER, Walter. La culture en transit: locomotion, médiamotion, artmotion. *Gragoatá*, v. 9, n. 17, p. 25-41, 2004. Disponível em: <http://www.gragoata.uff.br/index.php/gragoata/article/view/480/401>. Acesso em: 28 nov. 2018.

PAZ, Octavio. *Tradução, literatura e literalidade*. Trad. Doralice Queiroz. Edição bilíngue. Belo Horizonte: FALE/UFMG, 2009.

PIGLIA, Ricardo. Una propuesta para el próximo milenio. *Margens/ Márgenes*. Belo Horizonte, Mar del Plata, Buenos Aires, n. 2, p. 1-3, out. 2001.

SCLIAR, Moacyr. Notas ao pé da página. In: ______. *Contos reunidos*. São Paulo: Companhia das Letras, 1995. p. 371-375.

SILVA, Luciana de Mesquita. Tradução e seus impasses no conto "Notas ao pé da página", de Moacyr Scliar, sob o olhar de Rosemary Arrojo. *Rónai – Revista de Estudos Clássicos e Tradutórios*, v. 1, n. 1, p. 117-129, 2013. Disponível em: <http://www.ufjf.br/revistaronai/files/2013/08/PDF8.pdf>. Acesso em: 30 nov. 2018.

TORRES, Marie-Hélène C.; SANTO, Giovana Bleyer F. dos. Reflexões sobre uma ética na tradução. Disponível em: <http://periodicos.unb.br/index.php/belasinfieis/article/viewFile/7522/5807>. Acesso em: 30 nov. 2018.

Entrelaçamento narrativo em Moacyr Scliar

Lincoln Amaral

> *O estranho é frágil como uma larva, treme por qualquer coisa, vive assustado. Não fala a língua do lugar. Vem do mar, vem do rio. Chega uma noite, é alojado em albergues, depois mora em cortiços úmidos e sombrios. À luz clara é objeto de deboche-pior, um frequente bode expiatório. Mas ele espia e expia. E aí – no olhar – está o primeiro poder do estranho. Ele vê o que os outros não veem. Olho arguto, olho mágico, enxerga poros nas superfícies lisas, minúsculas fissuras no revestimento. O estranho, até então frio e vazio como um ventre de larva é agora um olho – enigmático.*
>
> Moacyr Scliar

Antes que as pretensões analíticas deste ensaio sejam delineadas, é necessária uma ponderação sobre a grande complexidade inerente ao texto literário, que articula elementos da linguagem a inúmeros fatores históricos, objetivos, simbólicos e subjetivos. As diversas propostas narrativas contemplam, assim, parâmetros que conferem significados ao enredo concebido pelo autor. Entre esses parâmetros, destacam-se: o foco narrativo, a linguagem, as personagens, o tempo e o espaço.

Todavia, cada componente estrutural do enredo, por sua vez, pode ser desdobrado em outros elementos nele contido, possibilitando que se explorem novas dimensões. Além desse aspecto, tais parâmetros interligam-se num processo dinâmico e, por isso, seria um trabalho estéril considerá-los isoladamente numa análise do texto literário que se pretenda ampla.

Ressaltando possibilidades interpretativas que contrariam a análise parcial e fragmentária das narrativas, vale destacar que tais parâmetros estruturais do texto se articulam permanentemente e, também, dialogam com as esferas sociais e psicológicas das obras.

A complexidade do objeto artístico possibilita ainda a proeza de que essas esferas sejam reelaboradas no imaginário do leitor, por intermédio da múltipla ressignificação de sentidos que a sensibilidade deste reconstrói. Kléber Santos aponta para o fato de que:

> A complexidade das narrativas literárias funda-se em um conjunto de fatores: 1) na elaboração estético-simbólica; 2) no entrelaçamento consciente de seus elementos estruturais e discursivos, nos mínimos detalhes, para provocar efeitos estéticos nos leitores; 3) na conjuntura histórica e cultural que envolve a produção, a circulação e o consumo das obras; 4) na herança milenar das narrativas humanas; 5) nas múltiplas apropriações que os leitores realizam; só para citar alguns fatores objetivos que se entrelaçam no objeto literário. Há ainda os elementos do inconsciente e suas pulsões, seus arquétipos; bem como as forças da ideologia que perpassam as escolhas do artista na elaboração de sua arte. Do entrelaçamento desses componentes, através da atividade do artista

com a linguagem, a obra nasce para desafiar os leitores, sensibilizando e fazendo refletir.[1]

Sendo assim, em grande parte da obra de Scliar, observa-se, nesse entrelaçamento, a oscilação entre dois planos da história: a do povo judeu e a do Brasil contemporâneo. As datas de publicação dos quatro romances analisados neste texto – de 1973 a 1991 – circunscrevem-se a um período de dezoito anos da produção ficcional do autor.

Nesses anos, que tiveram como pano de fundo a ditadura militar brasileira, inicialmente mais truculenta (como em 1973, ano de publicação de *O exército de um homem* só,[2] e 1975, de *O ciclo das águas*[3]), o país assistiu a um lento processo de abertura, favorecida pela Lei da Anistia de 1979 (ano de publicação de *Os voluntários*[4]), que desembocou no período de redemocratização com a Constituição de 1988. Superada a transição democrática, o primeiro presidente eleito pelo voto popular foi Fernando Collor de Melo, em 1991, ano de publicação de *Cenas da vida minúscula*.[5]

Nas tramas dos enredos desses romances coabitam dois eixos narrativos comuns: o do passado relativo à memória judaica e o do tempo presente do discurso ambientado na diáspora brasilei-

1 SANTOS, 2015, p. 80.
2 SCLIAR, 1973.
3 SCLIAR, 1975.
4 SCLIAR, 1979.
5 SCLIAR, 1991.

ra. Essa dinâmica ficcional estabelece como estratégia principal o permanente diálogo entre a tradição e a contemporaneidade.

A partir dessa premissa, esse romances apresentam contextos históricos específicos, planos temporais e espaciais singulares e enredos que aludem a certas utopias que podem ser relacionados à tradição judaica.

A tabela a seguir sintetiza a estrutura dos enredos:

	O exército de um homem só	***O ciclo das águas***	***Os voluntários***	***Cenas da vida minúscula***
Publicação	1973	1975	1979	1991
Recorte histórico	Projeto soviético de criação da colônia Birobidjan e dos *Kibutsim* israelenses	Tráfico de mulheres judias para serem prostitutas na América Latina	Retorno a Canaã	Saga dos descendentes do rei Salomão
Tempo da diáspora	1916 a 1970	1920 a 1970	1930 a 1970	1957 a 1984
Tempo da memória	1928 e 1948	Final do século XIX e início do século XX	Antiguidade (conquista de Canaã) e 1948 (fundação do Estado de Israel)	Cerca de 3 mil anos
Espaço da diáspora	Bom fim (Porto Alegre)	Vilas populares (Porto Alegre)	Centro (Porto Alegre)	São Paulo
Espaço da memória	Birobidjan (União Soviética) e Israel	*Shtetl* polonês	Jerusalém	Oriente, Europa e Amazônia
Tempo da enunciação	1970	Indeterminado	Indeterminado	12 horas
Utopia	Política (ideal socialista)	Fazer a América	Retorno a Canaã	Busca de identidade
Foco narrativo	Terceira Pessoa	Primeira Pessoa	Primeira Pessoa	Primeira Pessoa
Narrador	Onisciente	Marcos	Paulo	Baixinho
Cena quadro a quadro	Moldura plástica: álbum de desenhos de Mayer Guinzburg	Moldura plástica: fotografias do casamento de Esther e Mêndele	Moldura cinematográfica: pulos de Paulo no corredor do hospital	Moldura cinematográfica: degraus da escada do templo do rei Salomão
Dimensão realista	Datação dos segmentos da obra, com a consequente contextualização objetiva e minuciosa	Contexto histórico da prostituição, caráter científico das pesquisas, conflitos identitários	Universo multicultural porto-alegrense, assimilação cultural, tensões étnicas em Israel	Descrição de contextos históricos e culturais objetivos
Dimensão fantástica	Insanidade de Mayer Guinzburg	Simbolismo da água, estrutura circular do enredo, mito da sereia	Delírios messiânicos de Benjamin, Livro das revelações, miniaturismo	Abiogênese, homúnculos, metamorfoses, ídolo circuncidado

Todos os protagonistas desses romances descendem de judeus, reafirmando a centralidade do assunto nessa fase da produção do escritor. Porém, no percurso literário aqui analisado, que abrange dezoito anos da ficção longa de Scliar, percebe-se a gradativa expansão dos temas, dos espaços geográficos e da circunscrição temporal dessas narrativas.

Circunscrito a 54 anos, esse período, quanto à temática, restringe-se em *O exército de um homem só* ao microcosmo judaico no bairro do Bom Fim. O romance está inserido num tempo da memória que abarca cerca de vinte anos – entre o projeto soviético de criação da colônia Birobidjan (1928) e a criação do Estado de Israel (1948).

Ainda restrito às diferentes opções identitárias que contrapõem entre si gerações de imigrantes judeus, com o tempo diaspórico semelhante ao de *O exército de um homem só* (cerca de 50 anos), em *O ciclo das águas*, há um alargamento do tempo da memória – final do século XIX e primeiras décadas do XX –, que contempla a história familiar de Esther no *shtetl* polonês.

Em *O ciclo das águas*, o espaço da diáspora amplia-se do Bom Fim até as vilas populares porto-alegrenses. O tema, também, se expande no tempo cronológico referindo-se ao tráfico de escravas brancas judias para a América Latina, que ocorreu entre os anos de 1880 a 1930.

O tema de *Os voluntários* se refere a uma utopia – o retorno a Jerusalém – talvez mais agregadora do que as diferentes opções ideológicas presentes em *O exército de um homem só*. Possui, também, esse romance, caráter mais universal no âmbito da cultura judaica, quando se consideram as restrições morais impostas à prostituição que é tematizada em *O ciclo das águas*.

O espaço da diáspora em *Os voluntários* ainda se restringe a Porto Alegre, que nesse romance, desloca-se do Bom Fim e das vilas populares para o centro da cidade, ampliando o contexto da diversidade cultural apresentada. O tempo da memória em *Os voluntários* também é estendido quando comparado a *O exército de um homem só* e a *O ciclo das águas*.

Com a finalidade de contemplar amplos painéis históricos e grandes metáforas nacionais, *Cenas da vida minúscula* faz parte de uma fase da ficção de Scliar em que esse movimento de expansão atinge o apogeu. Os romances dessa etapa foram distendidos espacial e temporalmente ao limite, visando, de acordo com Berta Waldman, a partir da retomada da saga dos cristãos-novos de origem sefaradita ao país, realizar uma espécie de redescoberta do Brasil.[6]

O deslocamento do espaço diaspórico, primeiro para a Amazônia e depois para São Paulo, que se dá em *Cenas da vida minúscula*, comprova essa observação de Waldman, bem como o amplo espa-

---

6 WALDMAN, 2012, p. 22.

ço geográfico da memória, que se estende do Oriente para a Europa e desta para a América Latina.

O tempo da memória é alargado e remete à história de três mil anos dos ancestrais do protagonista. Outra expansão ocorre em *Cenas da vida minúscula* em relação aos romances anteriores: quando a trama enfoca as raízes da fundação do país, na medida em que perscruta, além da identidade judaica, a identidade nacional brasileira.

Um aspecto que aproxima o enredo desses romances refere-se às tentativas frustradas dos protagonistas de atingirem as utopias características de cada história. Com humor corrosivo e ironia refinada, tais revezes adquirem caráter híbrido: são, simultaneamente, risíveis e melancólicos.

Essa peculiaridade, o hibridismo, confere, frequentemente, conotação hilária às personagens, que podem parecer ridículas ou caricaturais. Ledo engano, elas dispõem da poderosa arma da sátira, recurso transgressor que questiona profundamente o *status quo*, destruindo os discutíveis pilares que o legitimam. Talvez, também, com a hilaridade se inaugure um novo caminho em que a atitude de rir de si mesmo pode apontar para a salvação individual.

Alimentadas por motivações frequentemente messiânicas e caracterizadas pela errância, essas buscas comuns pela concretização da utopia acontecem num ritmo frenético e obsessivo, com idas e vindas recorrentes. Tais alusões reproduzem, em recortes contextuais particulares, a epopeia histórica do povo judeu.

A intertextualidade é outro traço comum nos enredos aqui considerados. O diálogo com a Bíblia se faz presente nos quatro romances, bem como as glosas relativas a outros autores e a referências sumárias a certos episódios históricos. O procedimento de um texto que puxa o outro é característico do estilo de Scliar, fazendo parte do escopo ficcional, dos ensaios, dos artigos médicos e dos livros de divulgação científica produzidos por ele.

Na trajetória ficcional de Scliar, os meios de transmissão da cultura de massas acompanharam a evolução tecnológica. Eles eram basicamente compostos por livros engajados, em *O exército de um homem só*, evoluindo para o rádio, a televisão e o videocassete em *Cenas da vida minúscula*.

Sobre esse aspecto, o escritor ironiza a contraposição que se estabelece entre a opção por uma ideologia baseada na transformação social e as estratégias mercadológicas responsáveis pela vitória do consumismo. Consumismo este que atuaria como lenitivo para anestesiar a classe média, proporcionando-lhe um discutível bem-estar acompanhado de conformismo político.

Tal caráter pasteurizado da cultura, introduzido pela homogeneização capitalista dos costumes, da estética e das convicções, seria responsável, entre outros fatores, pela mediocrização da opinião pública e pela degradação ambiental, especialmente exploradas em *Cenas da vida minúscula.*

Certos recursos narrativos repetem-se nesses romances, como a descrição de cenas que se dão por meio de efeitos semelhantes aos fotográficos ou cinematográficos, num tipo de narração que poderíamos chamar de quadro a quadro. A descrição dessas cenas se dá a partir de molduras plásticas como o álbum de desenhos de Mayer Guinzburg em *O exército de um homem só* ou as fotografias do casamento de Esther e Mêndele em *O ciclo das águas.*

O efeito quadro a quadro pode ser estabelecido por intermédio da descrição paulatina dos elementos ambientais da cena. Essa técnica narrativa se assemelha a um plano de filmagem executado por câmera cinematográfica que, vagarosamente, aumenta o foco captado pela lente para desvelar um cenário mais amplo.

Isso pode ser observado em *Os voluntários.* Nele, Paulo pula no corredor do hospital para enxergar, por meio do vidro acima da porta fechada, o que está acontecendo no quarto da mãe doente. Também se insere nessa modalidade a cena da escada que leva ao trono de Salomão em *Cenas da vida minúscula.* Cada degrau descrito indica, progressivamente, detalhes do rico mobiliário que compõem o suntuoso cenário do palácio real.

Além da alternância entre os eixos do tempo passado e do presente, a estrutura desses enredos apresenta outro tipo de oscilação. Trata-se daquela que é responsável por acentuar a ambiguidade ao promover a coexistência entre uma dimensão realista e outra fantástica.

Em *O exército de um homem só*, a dimensão realista pode ser verificada pela datação da história, com a consequente contextualização objetiva e minuciosa do período, de modo a descrever, linearmente, a trajetória do protagonista, associando-a a elementos da realidade. Porém, a insanidade que vai se apossando de Mayer confere-lhe aspectos surreais e fantásticos, exemplificados pela plateia de homenzinhos imaginários a quem ele se dirige, pela doutrinação ideológica que realiza com os animais e pelo universo fantasioso que cria.

O rico simbolismo atribuído à água, a estrutura circular do enredo e o mito da sereia conferem dimensão fantástica ao romance *O ciclo das águas*. Por outro lado, o contexto histórico que atribui verossimilhança ao percurso de Esther, o caráter científico das pesquisas de Marcos e os conflitos identitários que afetam essas duas personagens recebem na narrativa um tratamento realista.

A descrição detalhada dos atores que compõem o universo multicultural do centro de Porto Alegre, a opção pragmática dos imigrantes pela assimilação e a composição de um painel que revela tensões étnicas relativas ao Estado de Israel são aspectos exemplares da dimensão realista presente em *Os voluntários*.

Por outro lado, esse plano oscila com os delírios messiânicos de Benjamin que chega ao ponto de contaminar outras personagens.

Ele apresenta traços de insanidade, como Mayer de *O exército de um homem só*. Tal enfoque, fantástico e paródico, se faz presente também no Livro das Revelações da seita "Companheiros do Senhor" do pastor Orígenes em *Cenas da vida minúscula*; na presença da Cobra Catarina e do Lagarto Pascoal que acompanham a venda do elixir para todos os males do camelô Pia-Pouco; na maquete de Jerusalém criada por Benjamin (que se assemelha ao miniaturismo do homúnculo em *Cenas da vida minúscula* e nas fantasiosas viagens do Capitão em *Os voluntários*).

Criação de vida por abiogênese (com origem mística, mágica e/ou cabalística); colônia de homúnculos; Lilith e Sulamita; miniaturização e metamorfoses relativas à estatura corporal; lenda das Amazonas e do rio Solimões; relacionamento erótico entre gigante e mulherícula; águia que transporta pessoas sobrevoando distâncias intercontinentais; ídolo em forma de falo circuncidado são algumas das prodigiosas referências de dimensão fantástica em *Cenas da vida minúscula*.

No entanto, a esse enfoque surreal da narrativa, intercala-se a composição de contextos históricos e culturais objetivos. Num tom realista e quase enciclopédico, esses contextos abarcam a descrição de cenários e tramas históricas da antiguidade oriental, do período medieval e do renascimento europeu, além da era moderna na Amazônia.

Em *O ciclo das águas*, a história é iniciada e finalizada pela mesma cena, ambientada no hospício onde Esther vive seus últimos dias. Isso também se verifica em *O exército de um homem só,* com a morte do protagonista. Há, ainda, uma falta de desfecho comum às tramas de *Os voluntários* e *O ciclo das águas,* bem como uma dupla interpretação dos acontecimentos ao término de *Cenas da vida minúscula,* que acentuam a estrutura circular dos enredos.

Circunstâncias semelhantes são exploradas de forma particular em alguns romances e não se encontram em outros. Isto é válido para a contaminação de sífilis que afeta um ancestral Habacuc de *Cenas da vida minúscula* e Rafael (pai de Marcos) em *O ciclo das águas.* As trajetórias de Nunho de *O exército de um homem só* e de Leiser de *O ciclo das águas* são também aproximadas. Ambos saem da marginalidade (exploradores de mulheres) para se estabelecerem como prósperos empresários da construção civil.

Moacyr Scliar, desse modo, em sua literatura, confronta o seu leitor com a "possibilidade ou não de ser um outro", de "viver com o outro, com o estrangeiro", numa ressignificação profunda da alteridade. Não se trata, no entanto, apenas de nossa aptidão em aceitar o outro, "mas de estar em seu lugar – o que equivale a pensar sobre si e a se fazer outro para si mesmo."[7]

7 KRISTEVA, p. 1994, p. 20.

REFERÊNCIAS

KRISTEVA, Julia. *Estrangeiros para nós mesmos*. Trad. Maria Carlota Carvalho Gomes. Rio de Janeiro: Rocco, 1994.

SANTOS, Kleber José Clemente. *A casa e os caminhos de dentro*: um estudo sobre o espaço habitado em contos de Moacyr Scliar. 2015. 210 f. Tese (Doutorado em Letras) - Universidade Federal da Paraíba, João Pessoa, 2015.

SCLIAR, Moacyr. *Cenas da vida minúscula*. Porto Alegre: L&PM, 1991.

SCLIAR, Moacyr. *O ciclo das águas*. Porto Alegre: Globo, 1975.

SCLIAR, Moacyr. *O exército de um homem só*. Rio de Janeiro: Expressão e Cultura, 1973.

SCLIAR, Moacyr. *O olho enigmático*. Rio de Janeiro: Guanabara, 1986.

SCLIAR, Moacyr. *Os voluntários*. Porto Alegre: L&PM, 1979.

WALDMAN, Berta. Os caminhos da ficção de Moacyr Scliar. *Arquivo Maaravi*: Revista Digital de Estudos Judaicos da UFMG. Belo Horizonte, v. 6, n. 11, p. 21-27, 2012. Disponível em: <http://www.periodicos.letras.ufmg.br/index.php/maaravi/article/view/3069/3023>. Acesso em: 14 fev. 2018.

Sobre monstros e seres imaginários na obra de Moacyr Scliar

Lyslei Nascimento

Desde a coletânea de contos *O carnaval dos animais*,[1] com a qual ganha o Prêmio Academia Mineira de Letras, Moacyr Scliar faz habitar, em sua obra, monstros e seres imaginários que parecem apontar para a ficção como um lugar propício para que irrompa o maravilhoso e o extraordinário. No entanto, híbridos, lendários ou estranhos, alguns personagens parecem, num nível simbólico ou metafórico, deixar vislumbrar alertas, sempre necessários, para o que ainda resta de humano em nós. Sendo assim, o dissonante, em Scliar, adverte-nos para que não nos vejamos, a nós e ao próximo, como uma massa amorfa, robotizada, acrítica e, muitas vezes, transformada em pedra.

Nesse primeiro livro, um bestiário de animais como leões, ursas e coelhos; a humanizada vaca Carola e o menor cão do mundo e os peixes bestialmente devorados em um torneio de pesca; os super-

1 SCLIAR, 1998.

-heróis, como Shazam; os transgressores, como a dissimulada canibal, junto a medusas, centauros, golems e andróginos de outros textos, não sem ironia, constituem-se a partir das características que Italo Calvino apontaria como valores de uma literatura que irá sobreviver ao milênio.[2] Nesse sentido, o que é múltiplo, leve, visível, rápido, exato e conciso é também resistente e autorreflexivo.

O prólogo a *O livro dos seres imaginários*, de Jorge Luis Borges,[3] pode ser aqui evocado. Nesse prefácio, o escritor afirma que o nome do livro justificaria a inclusão, em um rol de seres imaginários, de Hamlet, do ponto, da linha, da superfície, do hipercubo e de todas as palavras genéricas, além de cada um de nós e de Deus. O leitor deverá, portanto, estar atento para a metalinguagem que está impregnada nessa lista, porque ela corrompe e desconstrói categorias, ao arrolar elementos tão díspares, todos alinhavados no espaço comum da literatura.

Ao levar a lista ao absurdo, semelhante àquela proposta no célebre "O idioma analítico de John Wilkins",[4] no qual, nas remotas páginas de uma enciclopédia chinesa, a enumeração e a classificação não obedecem à lógica intrínseca às enciclopédias, mas, ao contrário, é corrompida a noção de ordem e de pertencimento, levando a lista à sua própria desconstrução, Borges chama a atenção para a multiplicidade, para a diversidade, afinal, apontando para as ilusórias, precárias e parciais classificações.

---

2 CALVINO, 1990.

3 BORGES, 1989.

4 BORGES, 2000, p. 92-95.

Na lista do prólogo, Hamlet, o personagem de Shakespeare, como tudo num ponto, deixa entrever que, nessa lista, caberiam, como seres imaginários, todos os personagens de ficção. O ponto, a linha, a superfície e o hipercubo elencam, por metonímia, todos os elementos da geometria, toda a relação do tempo e do espaço com a matemática, dentro e fora da lógica, e a narrativa. Além disso, não podemos esquecer que tanto o ponto quanto a linha sugerem a arcaica metáfora do texto como tecido, costura, bordado. Borges afirma, ironicamente, que esse suposto livro de seres imaginários deveria conter, ainda, todas as palavras genéricas de catálogos, dicionários, línguas, idiomas.

A noção de arquivo e de biblioteca, presente nas listas de Borges, iluminam, nesse lugar tão vasto como uma enciclopédia infinita, um ponto cujo conteúdo só pode ser insinuado, sugerido por fragmentos, por imagens parciais, por uma tentativa, na maioria das vezes frustrada, de arrolar o universo.[5] Ora, se todas as palavras, e suas monstruosidades intrínsecas, devem ser entendidas como seres imaginários, Borges estaria revelando o mundo como um espaço da e de linguagem.[6]

Desse modo, o prólogo do livro borgiano, que contém uma espécie de instrução de leitura, pode ampliar nossa perspectiva sobre a imprescindível obra de Scliar. Como os verbetes de Borges, os monstros e os seres imaginários em Scliar configuram-se como uma enciclopédia de inusitados entes que, em meio a jogos de es-

5 PARAIZO, 2003.

6 NASCIMENTO, 2007.

pelhos, de combinações e de reagrupamentos, potencializam nossa memória mítica e mística por intermédio da narrativa.

Para além dos mitos – que podem perpetuar o mesmo e cristalizar verdades e mentiras absolutas e que, muitas vezes, reforçam, na linguagem, estruturas de poder, da ordem da intolerância e da violência – os estranhos personagens de Scliar fazem proliferar a diversidade e a coexistência. Assim, a monstruosidade abre-se para um sismo no olhar homogeneizante e vazio que pode pairar sobre os tempos. Cada personagem, em sua irredutível dessemelhança, delineia as ambiguidades, a natureza híbrida e a crise de categorias. A recusa em fazer parte da ordem classificatória das coisas vale para os monstros em geral, mas em Scliar, essa recusa é paradigmática.

Regina Zilberman, a propósito do romance *O centauro no jardim*, afirma:

> a natureza do centauro passa do protagonista ao todo da obra, evidenciando sua natureza; e assegura que, se a sociedade é a zona onde o homem negocia sua espontaneidade e autonomia, a literatura é o setor onde estas podem ser restauradas, à medida em que se efetiva uma crítica e a exposição de uma utopia mágica.[7]

---

7 ZILBERMAN, 1997.

A utopia mágica a que Zilberman se refere passa, certamente, pela literatura como o lugar do insólito que ali se apresenta de forma a abalar a leitura monolítica da tradição e da própria natureza da literatura.

"Agora é sem galope. Agora está tudo bem. Somos, agora, iguais a todos. Já não chamamos a atenção de ninguém", afirma o narrador, "passou a época em que éramos considerados esquisitos".[8] Essa frase inquietante revela o desejo de assimilação e o afã da normalidade que assombra e impõe ao leitor de Scliar um olhar mais atento para esse estranho ser imaginário.

Em um tempo que exige o sacrifício de peculiaridades e características individuais para que se possa ser aceito e sobreviver numa sociedade cada vez mais impositiva e niveladora, ostentar a diferença é, pois, provocar estranheza e sofrer isolamento. De um lado, o centauro, com sua dupla natureza, lembra que, no desejo de semelhança e de igualdade, jaz o sujeito assujeitado. Nesse sentido, o centauro de Scliar caminha, em ritmo galopante, para sua destruição. O desejo de transformação do corpo fantástico em um ser humano comum acaba por gerar outra monstruosidade, de caráter mais íntimo e privado.[9]

Guedali submete-se a uma série de cirurgias plásticas para perder sua aparência de centauro. Desse modo, seu corpo, meio humano, meio cavalo, é modelado por uma medicina que, apesar de apre-

---

8 SCLIAR, 1997, p. 10.

9 NASCIMENTO, 2012.

sentar-se entre o charlatanismo e a vanguarda científica, mostra--se muito eficiente na sua capacidade de produzir o efeito desejado: a impressão material da normalidade. Sob a pele, no entanto, esconde-se, a natureza agônica do centauro.

O fato de eliminar as patas equinas, os cascos e o couro cavalar e transformar-se em um ser humano comum, lembra Regina Igel, é trocar os galopes da liberdade pelos passos miúdos da mediocridade, marca de nosso tempo.[10] À contrapelo desse ilusório tentativa de mascaramento, algo da ordem da tradição, uma tradição que se caracteriza pelo questionamento e pela recusa em se criar uma trave no olho do leitor, reinventa, nele, outra identidade. Nesse sentido, a cena da circuncisão do menino centauro é fundamental. Sua perenidade simbólica, além de todas as práticas políticas e autoritárias de apagamento da memória e de desejo de assimilação, aponta para uma inscrição do indivíduo a partir de uma impressão, no sentido do que é deixado para significar e o que é impresso: uma ferida, uma cicatriz sobre a pele, sob a pele.[11]

A natureza híbrida dos monstros, ou dos seres imaginários, segundo Jeffrey Cohen,[12] perturba e aterroriza porque seus corpos incoerentes resistem à estruturação sintagmática e, apesar de habitar nossa ilusória unicidade, o estranho ou o monstruoso é um corpo cultural. Sendo assim, ele pode se inscrever, ou se deixar inscrever,

[10] IGEL, 1997.

[11] DERRIDA, 2001.

[12] COHEN, 2000.

por qualquer tipo de alteridade, ou seja, a diferença monstruosa pode ser cultural, política, social, étnica, econômica, sexual.

Outro perturbador personagem que traz à tona nossa frágil condição humana é o pequeno Golem de *Cenas da vida minúscula*.[13] Da Bíblia à Amazônia, passando pela efervescente Europa do século XVI, a magia, a alquimia, a astrologia, a cabala e a ciência, põem em cena a reescrita do episódio da criação do homem, gerando um desejo de emolução, não sem soberba, do ato divino. Num ritmo alucinatório, como em um jogo de espelhos que reduplica as imagens – ora plasmando-as, quase como um carimbo à moda da impressão, ora, num efeito de anamorfose, deformando os seres e os objetos que recria – o leitor vai acompanhando a narrativa, em primeira pessoa, de um ser imaginário, compósito e enciclopédico que ostenta, no discurso, tudo o que se sabe sobre a criação:

> Não é pouco o que hoje sei, portanto começo com Kafka, que resume tudo nesse aforismo: "Duas possibilidades: infinitamente pequeno ou fazer-se infinitamente pequeno. A primeira possibilidade é perfeição, portanto, inação; a segunda é o começo, portanto ação." Franz Kafka – sei, sim, quem é. Porque não é pouco o que hoje sei.[14]

A partir dessa visão quase panóptica, o mínimo Golem, o estranho ser de Scliar, dá testemunho de um saber que não se alicerça nem no discurso religioso, como se poderia esperar, nem no texto

---

[13] SCLIAR, 2003.

[14] SCLIAR, 2003, p. 5.

científico, também previsível. O saber está, imaginariamente, em Kafka, construtor, como se sabe, de um dos seres mais visualmente sugestivos da literatura: o inseto no qual se transformou, um dia, o caixeiro-viajante Gregor Samsa, que abandona todos os seus desejos para tentar pagar dívidas que não são inteiramente suas.[15]

Apresentando-se como uma rede, a obra de Scliar vai, assim, sofrendo e provocando metamorfoses, deixando-se entremear ou impregnar de outros textos, como uma teia em que habita, célere, um ser imaginário tão afeito à construção de casas-armadilha como o escritor, arquiteto de labirintos.

Esse mínimo Golem, em contraposição ao gigante de barro da tradição judaica, conclui a sua história com uma constatação que é, também, uma afirmação da literatura do milênio:

> Quem sabe dos segredos que se ocultam no interior de certas máquinas, senão o Baixinho? Aquilo que seria uma incógnita para o Rei Salomão, aquilo que desafiaria a magia de Habacuc, ele tira de letra – e esta letra não figura em nenhum Livro das Origens. Aqui, Del Rey. Mas aqui, também, Baixinho. Breve, como o seu novo nome. Não é pouco o que hoje sei, digo, e esta verdade me faz sorrir, se não feliz, ao menos pacificado: não é pouco o que hoje sei.[16]

15 KAFKA, 2001.

16 SCLIAR, 2003, p. 247.

A literatura de Moacyr Scliar, como uma máquina de narrar, provê alguns segredos que só um leitor disposto a errar pode entrever. Nessa maquinaria, como afiança Calvino, a ficção não é um objeto inalcançável de uma busca sem fim. Ao contrário, estrategicamente, em mínima escala, como o apelido do personagem, Baixinho, o que poderia ter um peso esmagador é visto com ironia, um rir-se de si mesmo, dissolvendo, com essa atitude, o peso do mundo. Daí que outra letra, ou melhor, outras letras recriam o mundo por intermédio da escrita e da leitura. A ficção de Scliar desliza sutil e leve sobre pequeninos pontos ou nós de uma rede. Essa leveza evita que o peso da matéria do mundo nos esmague.

No universo infinito da literatura, adverte-nos Calvino, quando parece que estamos, para sempre, condenados ao peso do mundo, num imenso e incomensurável cemitério de automóveis, podemos mudar o ponto de observação.[17] Nesse sentido, a vertigem das grandes alturas e o saber monolítico são substituídos por cenas da vida minúscula, novos, antigos ou arcaicos caminhos, monstros e seres imaginários que podem mudar, de repente, nossa posição e nossa visão do mundo.

Portanto, mesmo no interior de grandes máquinas, engrenagens nas quais estamos fatalmente presos, possa a leveza do anão no televisor, do Baixinho, do mínimo Golem, do do centauro circuncidado[18] e de outros seres imaginários da obra de Moacyr Scliar,

---

[17] CALVINO, 1990, p. 24.

[18] FREITAS, 2012.

mudar, sempre, nosso olhar e nos acompanhar na luta contra o esquecimento, a morte.

REFERÊNCIAS

BORGES, Jorge Luis. O idioma analítico de John Wilkins. Trad. Sérgio Molina. In: ______. *Jorge Luis Borges. Obras completas II*. Vários tradutores. São Paulo: Globo, 2000. p. 92-95.

BORGES, Jorge Luis. *O livro dos seres imaginários*. Trad. Carmen Vera Cirne Lima. São Paulo: Globo, 1989.

CALVINO, Italo. *Seis propostas para o próximo milênio*. Trad. Ivo Barroso. São Paulo: Companhia das Letras, 1990.

COHEN, Jeffrey Jerome. A cultura dos monstros: sete teses. Trad. Tomaz Tadeu da Silva. In: SILVA, Tomaz Tadeu da (Org.). *A pedagogia dos monstros*: os prazeres e os perigos da confusão de fronteiras. Belo Horizonte: Autêntica, 2000. p. 23-60.

DERRIDA, Jacques. *Mal de arquivo*: uma impressão. Trad. Claudia de Moraes Rego. Rio de Janeiro: Relume Dumará, 2001.

FREITAS, Marcus Vinícius. A leveza do centauro. *Arquivo Maaravi*: Revista Digital de Estudos Judaicos da UFMG. Belo Horizonte, v. 6, n. 11, out. 2012. Disponível em: <http://www.periodicos.letras.ufmg.br/index.php/maaravi/article/view/4847/pdf>. Acesso em: 12 jan. 2019.

IGEL, Regina. *Imigrantes judeus, escritores brasileiros*. São Paulo: Perspectiva, 1997.

KAFKA, Franz. *A metamorfose*. Trad. Marcelo Backes. Porto Alegre: L&PM, 2001.

NASCIMENTO, Lyslei. Da circuncisão de um centauro. *Arquivo Maaravi*: Revista Digital de Estudos Judaicos da UFMG. Belo Horizonte, v. 6, n. 11, out. 2012. Disponível em: <http://www.periodicos.letras.ufmg.br/index.php/maaravi/article/view/3074/pdf>. Acesso em: 12 jan. 2019.

NASCIMENTO, Lyslei. Monstros no arquivo: esboço para uma teoria borgiana dos monstros. In: JEHA, Julio (Org.). *Monstros e monstruosidades na literatura*. Belo Horizonte: Editora UFMG, 2009. p. 61-80.

PARAIZO, Mariângela de Andrade. *Um inventário do universo*: leitura de Jorge Luis Borges. Rio de Janeiro: Papel & Virtual, 2003.

SCLIAR, Moacyr. *Cenas da vida minúscula*. Porto Alegre: L&PM, 2003.

SCLIAR, Moacyr. *O carnaval dos animais*. Rio de Janeiro: Ediouro, 1998.

SCLIAR, Moacyr. *O centauro no jardim*. Porto Alegre: L&PM, 1997.

ZILBERMAN, Regina. Contracapa. In: SCLIAR, Moacyr. *O centauro no jardim*. Porto Alegre: L&PM, 1997.

Moacyr Scliar: fazedor de Golems

Márcio César Pereira dos Santos

> *A criação de um Golem não é somente um ato de defesa judaico, afirma Bashevis Singer, mas também uma reflexão filosófica do homem sobre a Criação e suas relações com a Linguagem. É por isso que, para Bashevis Singer, [...] e em tantos outros escritores (inclusive ele mesmo) que recontaram a lenda do Golem, mais que o sentido moral da lenda, tem-se, também, o sentido artístico da criação. Os "fazedores de golems" são, desse modo, essencialmente artistas – escritores, pintores, compositores, escultores –, continuamente inquiridos sobre como realizam suas criações.*
>
> Lyslei Nascimento

Moacyr Scliar foi um artista singular. Em sua trajetória como escritor, foi, especialmente, sensível às diferenças e, com um inequívoco senso de observação, elegeu a beleza das coisas imperfeitas como uma fonte maior de seu trabalho literário. Tal qual um *bricoleur*, sempre trabalhando com cacos e vestígios de outros textos, ele busca não a forma perfeita, mas a inusitada, por isso única, singularidade das coisas.

Todo artista parece haver-se com o peso e a angústia de seus predecessores. Igualar ou superar os mestres sempre foi um mote, uma quase inglória tarefa na qual muitos criadores se perderam, em um instinto suicida e/ou destruidor, no desejo de elaborar o original, o definitivo, o mítico, o divino e o novo. Superar os mestres seria, como a fábula judaica do Golem, paradoxalmente, na repetição, uma maneira de recriar a criação.

O fazer artístico que o mito suscita é, talvez, um dos pontos mais inquietantes da criação. Como metáfora, a narrativa explora a relação sempre instigante entre ética e estética na arte. A busca obsessiva pela perfeição acaba por deixar entrever o desejo de igualar-se a Deus e, consequentemente, matá-lo para colocar-se em seu lugar. Isso seria reinar, ilusoriamente, com o peso do ouro sobre os pés de barro, como na visão de Daniel.[1]

Sucumbir à gravidade e ao tempo é tentar, em vão, administrar as forças incontornáveis da natureza. Repetir Deus é, então, um intento fadado ao fracasso, como, aliás, seria o de superar os mestres. No entanto o mito do Golem também sugere outras leituras, "mais que o sentido moral da lenda, tem-se o sentido artístico da criação",[2] isto é, o artista consciente de suas próprias limitações, incapaz de criar do nada, seria capaz, então, de recriar, superando, de certa forma, o que Harold Bloom chamou de "angústia da influência".[3] Desse modo, o artista propõe outras, mas nem sempre novas, possibilidades de fazer e de ler o mundo. Ele, assim, torna a imperfeição um motivo, não uma repetição infrutífera e sem sentido. Assim, ele não buscaria mais a superação, mas a contínua

1 Dn 2.

2 NASCIMENTO, 2004, p. 210.

3 BLOOM, 2002.

reinvenção. Esse parece ser o *modus operandis* de Moacyr Scliar, o grande escritor, fazedor de golems.

Scliar notabilizou-se pela profusão de temas e pela multiplicidade de formas em sua escrita: crônicas, contos, ensaios, novelas e romances. O escritor se serviu de jornais, livros, revistas para ali, nesses lugares de impressão, exercer sua imaginação. O judaísmo e a tradição judaica, a revisão histórica, o discurso da ciência, as Escrituras, a memória, a identidade latino-americana, as vicissitudes do cotidiano são algumas das linhas temáticas que conformam trama e novelo em seus textos. A integração de todos esses discursos no jogo infinito da ficção revela a sofisticada teia literária tecida pelo escritor.

Não seria diferente quando o autor lida com um mito tão cheio de nuances, como o Golem. A lenda é retomada, explicitamente, em dois de seus trabalhos. De forma literal e temática no romance *Cenas da vida minúscula,*[4] e, obliquamente, em *Manual da paixão solitária.*[5]

Em *Cenas da vida minúscula,* Scliar constrói a trajetória de uma tribo de homúnculos que vivem no interior da selva amazônica e descendem diretamente da estirpe salomônica. Seria, essa tribo, uma comunidade de origem judaica, que mantém suas tradições e hábitos na pequena aldeia (um *shtetl*?) perdida em um igarapé da grande floresta. O narrador descreve, nas primeiras páginas do

4 SCLIAR, 2003.

5 SCLIAR, 2008.

romance, as origens reais dos magos sempre nomeados, ao longo dos séculos, de Habacuc, um dos filhos de Salomão, não o profeta pré-babilônico. Estes, milhares de anos depois, criariam uma estirpe de homens minúsculos na Amazônia. No romance, são recriados os dias do reinado de Salomão, no entanto, os protagonistas são, efetivamente, dois dos seus filhos: Habacuc e Sulamita, a quem é confiada a tarefa de escrever "o grande Livro que contará a história do nosso povo".[6] Esta irá se consumir na tarefa ao tentar inserir sua subjetividade na história de Israel. Ela será reprimida e se rebelará contra os protagonistas da história que está a contar, sendo excluída devido sua consciência crítica. De acordo com Sulamita,

> Deus é onisciente, mas eu sou mais onisciente do que Deus, eu sei o que ele pensa. Ele não me derrotará, Habacuc, nem ele, nem seu preposto Salomão. Ele criou o céu e a terra, mas eu crio o texto que ele habita.[7]

Assim, essa criadora de um texto que ameaça a tradição, sucumbe ao desvario e morre, não antes sem legar a seu irmão Habacuc a rebeldia contra o pai, que deixa Israel e retoma a tarefa da irmã para cunhar o "Livro das Origens". Porém, ele amplia essas ambições e quer superar o próprio Deus que serve. Habacuc intenta, desse modo, criar vida e fundar sua própria dinastia:

---

[6] SCLIAR, 2003, p. 16.

[7] SCLIAR, 2003, p. 21.

— Quero criar um ser vivo – disse, cauteloso. Esperou um pouco e repetiu, mais alto.
— Quero criar um ser vivo! [...]
Um ser vivo. Não era pouco, aquilo: extrair, da matéria inerte, vida. Transcendia o mágico, chegava ao divino; com todos os riscos que isto implicava. Contudo, não era arrogância, ou onipotência, que o moviam; era a emoção de se encontrar, de alguma forma, com a amada.[8]

Habacuc foge e funda uma linhagem de magos, seus descendentes, todos chamados Habacuc, que migram do Oriente para o Ocidente, em quase vinte séculos de história. Mesclando o factual com o lendário, o narrador trança reminiscências do mítico e ficcional "Livro das Origens", sob a guarda de sua linhagem, às errâncias dos magos pelos séculos e que acabam por trazer o último Habacuc, em uma Nau Portuguesa, às selvas brasileiras. Nos rincões amazonenses, o mago derradeiro, por fim, a partir de suas emanações, concebe uma nova espécie, a raça minúscula à qual pertence o narrador e protagonista.

Essa paródica recriação da história judaica e dos eventos que levaram os judeus a se espalharem pelo mundo é reencenada nas primeiras páginas do romance e funciona como ponto de partida para uma reflexão sobre identidade, tradição, assimilação e pertencimento, temas recorrentes na ficção de Scliar.

[8] SCLIAR, 2003, p. 26.

Na segunda parte, o protagonista, herdeiro e detentor da história da tradição de sua tribo, descreve os eventos que o levam a abandonar seu povo e a entrar em contato com a sociedade brasileira. Ele é levado, inadvertidamente, com uma companheira, à gigante cidade de São Paulo. Então, os efeitos desse choque de civilizações e entre o pequeno e o gigante consumirão sua conterrânea, que sucumbe como a primeira Sulamita. Culturalmente assimilado, ele, também, será transformado fisicamente. Ele irá crescer, um pouco, mas crescer, no corpo e na escrita. Dessa forma, revelam-se, então, as transformações de identidade, de tradição e de sua história que vão sendo reinventadas em sua narrativa.

Scliar recria, desse modo, a narrativa do Golem, modificando as dimensões e as relações de consciência de seus personagens. Os homúnculos, ancestrais do protagonista e narrador, são forjados por um mago (Rabi), que após milênios acumulando conhecimentos científicos e mágicos, gera seus pequenos seres como quem planta uma árvore. O mago cria macho e fêmea, legando-lhes o chamado "Livro das Origens" e morre. Como toda criação imperfeita, os homúnculos mantem seu estranhamento ou sua identidade em relação ao mundo normatizado. Quando expostos àquele mundo gigantesco (e monstruoso) ou sucumbem ou são assimilados. Scliar inverte, assim, a imagem no espelho das consciências e a dimensão monstruosa da cultura de assimilação. O protagonista cresce até atingir o tamanho em que sua pequenez é socialmente aceitável, embora sempre um baixinho. O livro das origens desaparece na selva amazônica, bem como a tribo do personagem. As narrativas, contudo, permanecem na memória e migram para o relato do narrador, fruto, talvez, de um delírio febril, o que pouco importa, pois, a ficção, como versão, poderá sempre ser uma das possibilidades da história.

No romance *Manual da paixão solitária*, Scliar incorpora o mito do Golem como parte do relato de um dos seus narradores, no caso Shelá, o terceiro e silencioso filho do patriarca bíblico Judá, cuja história é narrada no *Gênesis*.[9] No relato, Judá se aparta de sua família e de seu pai, o patriarca Jacó. Esse evento acontece após ele e seus irmãos terem vendido seu irmão José (o José do Egito) como escravo. Judá casa-se e gera três filhos: Er, Onan e o caçula Shelá. Os dois irmãos mais velhos são dados em casamento a Tamar, que enviuvara dos dois e cobra, por fim, de Judá, seu direito de ser desposada pelo caçula Shelá. Porém, o sogro, julgando-a amaldiçoada, nega à nora, a terceira boda, ao que ela faz jus pela lei do Levirato, isto é, casar com Shelá para cumprir o que seria a obrigação que seus falecidos irmãos não cumpriram, ou seja, dar-lhe filhos.

Scliar, como é peculiar em seu projeto ficcional, dá voz a personagens periféricos das narrativas da tradição. Assim, ele faz de Shelá (citado em apenas quatro versículos na Bíblia) um dos narradores protagonistas de seu romance. Como um adolescente desejoso que sonha com a cunhada, que lhe é negada por seu pai, só lhe resta, o sexo solitário e a escrita. Para satisfazer sua paixão errante, o narrador protagonista constrói, então, seu "manual do sexo ma-

9 Gn 38.

nual". Primeiro, por meio do barro, como oleiro. Em uma caverna secreta, Shelá molda na argila uma estátua de Tamar, como uma boneca sexual feita de lama para saciar seu desejo. Essa Tamar-Golem, porém, revela-se um ser incompleto, ou imperfeito, já que não possui os devidos elementos que os magos rabinos utilizaram para encantar suas criaturas. A boneca de Shelá é inerte e, como no mito do Golem, ela retorna ao barro, à massa moldável do oleiro.

Segundo Lyslei Nascimento, a imperfeição do Golem é o cerne da natureza da criatura como também o é das criações humanas:

> Quando a letra Aleph é apagada da inscrição tatuada no Golem, esta volta a ser uma massa inanimada e informe de argila. O poder mágico da escrita sobre a matéria inerte corresponde à criação que, aspirando a verdade absoluta, revela-se falha e imperfeita. A falibilidade e a mortalidade da criatura espelham as incompletudes e, por extensão, de suas criações, a escrita e a arte.[10]

No romance, longe de buscar a perfeição e a verdade dos místicos e dos cabalistas, a Tamar-Golem é uma emulação de outra imitação. Destinada ao prazer efêmero, sua imperfeição é sua maior qualidade, pois assim poderá ser abandonada:

---

10 NASCIMENTO, 2004, p. 18.

> Que prazer, meu Deus, que prazer, que êxtase! E não me senti culpado, nem um pouco culpado. Sim, como Onan eu derramara minha semente sobre a terra, mas não qualquer terra, era a terra feita Tamar. Só que constatei ao me levantar que não era mais Tamar que estava ali. Resultado dos meus espasmódicos, brutais movimentos, a pobre tinha sido completamente destruída, voltava a ser uma massa informe de barro. Como muitos outros, eu destruíra o objeto de minha paixão.[11]

Shelá, então, abandona suas experiências cabalísticas e passa do barro ao texto para construir outro objeto de paixão: a paixão da escrita, a paixão pela escrita.

Em ambos os romances, o mito do Golem é reconfigurado como uma reflexão sobre o ato de criar, mais especificamente, sobre o ato de criar um texto, sobre o fazer literário. Em quase todos os textos de Scliar, pode-se identificar essa linha reflexiva. O escritor, no entanto, nunca se colocou como um teórico de literatura, de fato, o único texto que explicitou essa temática, mas com um teor biográfico ou memorialístico, é *O texto, ou: a vida*: uma trajetória literária.[12] No entanto, uma poética da criação artística pode ser reconhecida em sua ficção, sobretudo, em textos em que retoma e recria o texto bíblico, textos estes, nos quais, exerce uma intertextualidade irônica, constituindo, essa estratégia, não apenas um recurso, mas uma das colunas que estruturam sua obra.

---

[11] SCLIAR, 2008, p. 87.

[12] SCLIAR, 2007.

Para Gilda Salem Szklo, "a intertextualidade, nos escritos de Scliar, é a fonte de sua criatividade, possivelmente o tema principal de sua obra."[13] Assim, é possível vislumbrar narradores escribas ou escritores e manuscritos encenados no texto. Essa estratégia de construção textual se aproxima, pois, do que Umberto Eco definiu como metanarratividade, ou seja, uma "reflexão que o texto faz sobre si mesmo e sua própria natureza ou intrusão autoral que reflete sobre o que se está contando e talvez convide o leitor a compartilhar de suas reflexões".[14] Quando o narrador encena o trabalho literário, concomitantemente, revela suas limitações como obra artística, delimitando sua própria finitude. Nos romances de Scliar, esses textos encenados desaparecem sob o fogo ou se perdem no tempo, sendo reconhecidos apenas pelas emulações que a narrativa faz deles: a cópia da cópia, como golems que encenam a forma humana, ganham vida e perecem pelo seu princípio que os constituem, isto é, a palavra escrita, como narrativa, como ficção.

Desse modo, a ficção de Scliar, como golems, não almeja perfeição. Ao contrário, com requinte, ela retira sua força das discrepâncias que lhe conferem o estranhamento e a resiliência, fazendo-a resistir ao tempo pelo rearranjo da memória e do sonho.

[13] SZKLO, 1990, p. 16.

[14] ECO, 2003, p. 199.

REFERÊNCIAS

BÍBLIA de Jerusalém. Vários tradutores. São Paulo: Paulus, 2003.

BLOOM, Harold. *A angústia da influência*: uma teoria da poesia. Trad. Marcos Santarrita. Rio de Janeiro: Imago, 2002.

ECO, Umberto. *Ensaios sobre literatura*. Trad. Eliana Aguiar. Rio de Janeiro: Record, 2003.

NASCIMENTO, Lyslei. O Golem: do limo à letra. In: NASCIMENTO, Lyslei; NAZARIO, Luiz (Org.). *Os fazedores de golems*. Belo Horizonte: FALE/UFMG, 2004. p. 15-37.

SCLIAR, Moacyr. *A mulher que escreveu a Bíblia*. São Paulo: Companhia das Letras, 1999.

SCLIAR, Moacyr. *Cenas da vida minúscula*. Porto Alegre: L&PM, 2003.

SCLIAR, Moacyr. *Manual da paixão solitária*. São Paulo: Companhia das Letras, 2008.

SCLIAR, Moacyr. *O texto, ou: a vida*: uma trajetória literária. Rio de Janeiro: Bertrand Brasil, 2007.

SZKLO, Gilda Salem. *O bom fim do shtetl*: Moacyr Scliar. São Paulo: Perspectiva, 1990.

Moacyr Scliar, precursor de Kafka

Maria Zilda Ferreira Cury

Para Jorge Luis Borges, em "Kafka e seus precursores",[1] todo grande escritor cria a sua própria relação de modelos, isto é, cria seus precursores. Kafka, com a originalidade de seus textos, inserido no cânone, iluminaria regressivamente a literatura precedente, inscrevendo-se, com a força de sua escritura, na série literária sua contemporânea, mas também naquela que precedeu sua produção e até na literatura ainda a ser escrita. Considera o escritor tcheco, pois, fundamentalmente, como leitor, quer de si mesmo, quer da tradição. Mas não a lê como um copista subserviente ou como um criador que tenha apenas sido "influenciado" pelos precursores; antes, paradoxalmente, Kafka seria o criador de seus precursores, o fundador de sua própria tradição. Dito de outra maneira, ele criaria, com a idiossincrasia de sua literatura, a tradição precedente porque sua produção, sendo simultaneamente escrita e leitura, se vergaria sobre a tradição modificando-

---

[1] BORGES, 2000, p. 96-98.

-a, desinstalando-a, reinventando-a e mesmo fazendo dela uma "desleitura", para usar a expressão cara a Harold Bloom.[2]

Borges coloca, assim, no centro das preocupações teóricas com a literatura, a figura do leitor e do escritor como leitor. Mas as premissas borgianas podem ser expandidas. Se para Borges, leitor de Kafka, a idiossincrasia kafkiana faz do texto do escritor tcheco o ponto nodal que possibilita a criação e a leitura de toda uma tradição precedente, é "a idiossincrasia da escrita borgiana" que torna todas essas relações possíveis para o leitor de ambos os escritores. Sutil e ironicamente, o escritor argentino subverte, desloca de certa maneira, a proeminência de Kafka, colocando a escrita borgiana, igualmente idiossincrática, como ponto alto dentro da série literária que iluminaria a escrita kafkiana. Colocando-se como leitor de Kafka, Borges inverte a tradição e reivindica para si, anacronicamente, o lugar de precursor do próprio Kafka ou, ainda, afirma-se como escritor que "cria" Kafka como seu precursor.

Não é casual a escolha de Borges por Kafka, visto ocupar, este último, lugar relevante no cânone literário. O escritor que com sua escrita corrosiva e antecipadora é, talvez, o marco mais importante da agonística literatura da modernidade. Tampouco é casual que eu escolha essas reflexões de Borges para a abertura de meu texto sobre *Os leopardos de Kafka*, romance de Moacyr Scliar.[3]

---

2 Para Bloom, todo grande escritor tem de "matar" seu precursor, para livrar-se da angústia da influência, para afirmar-se como individualidade no campo literário. (BLOOM, 2003).

3 SCLIAR, 2000.

Nos textos de Scliar, a ficcionalização de personagens bíblicos, a referência a escritores consagrados e a reescrita de personagens históricos são muito frequentes e, quase sempre, inscritas em situações humorísticas ou bizarras.

Em *O exército de um homem só*,[4] por exemplo, Freud figura como personagem, consultado pelo pai do protagonista por causa de sua inapetência. Em *A majestade do Xingu*,[5] um anônimo personagem limita-se a copiar, no papel usado para embrulhar as mercadorias de seu modesto armazém, obras de grandes escritores. Manifesta, assim, o narrador desse romance, sua opção por uma escrita paródica, impura, por "uma literatura menor",[6] por uma escrita feita com o mesmo lápis com que anotava as dívidas dos fregueses e no mesmo papel rústico com que embrulhava suas mercadorias. Afirma-se, o narrador/personagem, como escritor insignificante, contrapondo-se à grandeza de um Isaac Babel, de uma Clarice Lispector, de cujos textos seria mero copista.

Da visada irônica desse narrador não escapam, tampouco, Gonçalves Dias ou José de Alencar, escritores que são símbolos do nacionalismo romântico brasileiro, nem José de Anchieta, para muitos historiadores, o marco inaugural da nossa literatura. No seu modesto armazém, o narrador recebe Iracema, não a virgem dos lábios de mel, mas a amante, com quem "se embala" numa rede, sem esquecer de colocar a tabuleta: "Fechado pra balanço"

---

[4] SCLIAR, 2002.

[5] SCLIAR, 2001.

[6] DELEUZE; GUATTARI citado por GUIMARÃES, 1997.

na porta. Além dessas referências literárias, deslocadas na sua importância pelo humor e pela ironia, o mais das vezes melancólica, Noel Nutels, o grande médico sanitarista, funciona como um alterego do narrador e, porque não, do próprio autor Moacyr Scliar, também médico da saúde pública e, confessadamente, admirador de Nutels.

Como esse seu personagem, Scliar se afirma como escritor, modestamente, como ocupando um lugar menor. "Todo mundo dizia que eu ia ser o 'escritorzinho do Bonfim' e isso me deixava muito satisfeito",[7] diz Scliar em uma entrevista, reiterando uma postura procuradamente política de intervenção no espaço literário brasileiro.

A presença de Kafka na obra do escritor brasieliro tem sido salientada pela crítica e por ele mesmo em vários textos e entrevistas. Jaime Ginzburg chama a atenção para a controversa posição dos escritos de Scliar que associam o humor a situações negativas e angustiantes encenadas nos textos kafkianos.[8] Na direção contrária à boa parte da fortuna crítica do escritor, que aponta para o terror, o absurdo, a impotência e a culpa como onipresentes, também Gilles Deleuze e Félix Guattari "apresentam Kafka como o autor mais cômico e alegre do ponto de vista do desejo e como o autor mais político e social do ponto de vista do enunciado."[9]

---

[7] SCLIAR, 2008.

[8] GINZBURG, 2012, p. 76.

[9] DELEUZE; GUATTARI, 1997.

Nesse sentido, e não sem contradições, até na sua apropriação irreverente (e política) da obra do escritor de Kafka, Scliar é reverente, por assim dizer, a esse etos kafkiano apontado pelos teóricos. Patrícia Correia, por sua vez, releva a importância do fantástico, do apocalíptico, do messiânico que inspira a literatura judaica de um modo geral e que estariam presentes nas narrativas de Scliar no aguçamento do humor judaico por influência de Nikolai Gógol e, também, de Franz Kafka.[10] Além disso, o uso das parábolas, amplo em Kafka como marca da sua identidade judaica, já que próprio à linguagem dos profetas, encontra-se igualmente presente no texto de Scliar, definindo-o como quer Nelson Vieira.[11]

Vejamos alguns exemplos. Em *A Guerra no Bom Fim*,[12] a escrita de Kafka aparece performatizada. Como mostramos Elcio Cornelsen e eu em texto sobre Scliar e Eliezer Levin,[13] também, nesse romance, desenvolve-se uma tensão entre referencialidade extra-ficcional e ficcionalização de referentes que o narrador sabe partilhados pelo leitor. É o caso do personagem Marcos, transformado em referente para a criação de Gregor Samsa, protagonista da novela *A metamorfose*, de Kafka.[14] Desconstruindo, de certo modo, o lugar canônico ocupado pelo escritor tcheco, o narrador de Scliar, ao apresentar a estranha transformação do personagem

10 CORREIA, 2005.

11 VIEIRA, 2009, p. 243.

12 SCLIAR, 2001.

13 CORNELSEN; CURY, 2004.

14 KAFKA, 2001.

em barata, põe em suspeição a autoria da novela, conferindo-lhe uma importância menor:

> Dizem que esta história foi narrada, de maneira ligeiramente diferente, por um autor judeu chamado Franz Kafka. Dizem também que ele era tchecoslovaco, que morreu em 1924, que foi o escritor do absurdo e da alienação etc. É possível.[15]

A autoria da mais famosa narrativa de Kafka, *A metamorfose*, é referida com estudada displicência, também é, com descaso, que, igualmente, é lembrada a nacionalidade do escritor. Ambas, autoria e nacionalidade, são introduzidas pelo sujeito indeterminado “dizem”, como a transformar Kafka num escritor menos conhecido, pondo em dúvida o reconhecimento de sua presença na literatura mundial. O diálogo com a tradição literária, nesse caso, leva ao deslocamento irônico do próprio modelo, também na medida em que, diferindo de Gregor Samsa, que acaba morto e varrido do seu quarto, embora transformado da mesma forma em inseto, o personagem de Scliar liberta-se, com a morte, da discriminação e da opressão familiar, chegando a sobrevoar, folgadamente, como barata, o próprio velório. Assim, o narrador acaba por criar, para si e para o autor empírico, um lugar no interior de uma tradição reconhecida, canônica, que ele subverte ao inverter-lhe a chave de leitura mais frequente na fortuna crítica kafkiana.

[15] SCLIAR, 2000, p. 15.

Scliar, entre outros romancistas, foi convidado pela Companhia das Letras para escrever um livro para a coleção "Literatura ou Morte". A exigência era que os convidados fizessem textos homenageando escritores mundialmente famosos, convertidos em personagens. Scliar escolhe Kafka como personagem de seu texto e cria, em *Os leopardos de Kafka,* situações verdadeiramente "kafkianas". No entanto, não concede protagonismo ao escritor homenageado, embora seja a escrita deste que mobilize todo o enredo. Elege como personagem principal, o atrapalhado Benjamin Kantarovitch, o Ratinho, um anti-herói cuja descrição física, desde o início, aproxima o personagem ao retrato do próprio Kafka: "[...] os olhinhos pretos e as orelhas de abano tornavam-no parecido com um camundongo. Não aqueles camundongos das histórias infantis, mas, ao contrário, um ratinho melancólico, solitário, sempre enfurnado em sua toca."[16]

A narrativa é conduzida pelo sobrinho-neto do personagem que, enquanto jovem médico à época, assistiu Ratinho nos seus últimos dias, na instituição geriátrica onde se encontrava. É a esse narrador, sem nome, uma espécie de duplo de escritor,[17] que o protagonista confiou o relato de uma surpreendente aventura, destoante dos melancolicamente corriqueiros eventos que teciam sua vida. O relato começa com Ratinho, aspirante a re-

[16] SCLIAR, 2000, p. 11.

[17] Personagens e narradores médicos são frequentes nos textos de Scliar, como a espelharem o autor empírico. Vejam-se, a título de exemplo: *Histórias de um médico em formação; Histórias de aprendiz; Mãe judia 1964; A majestade do Xingu* e *Sonhos tropicais.*

volucionário, numa aldeia judaica da Bessarábia, às vésperas da Revolução Russa de 1917, durante a Primeira Guerra Mundial. O imbróglio já, desde o início, se instaura quando o amigo Iossi, revolucionário *senior*, designado por ninguém menos que Trotsky para uma missão, adoece gravemente. Repassa, então, a incumbência para Ratinho. Este viaja para Praga com um texto a que se deveria acoplar um segundo, que lhe seria entregue por um escritor na capital tcheca para que, com a sobreposição de ambos, fosse lida a mensagem em código dando instruções para a tal missão revolucionária. Ocorre que nosso Benjamin/Ratinho é um trapalhão. Perde o texto e, não querendo decepcionar Trotsky, seu ídolo, nem Iossi, também por medo que este viesse assombrá-lo em pesadelos, põe-se a campo para solucionar o enigma, procurando por escritores em Praga. Acaba topando com ninguém menos que Kafka que, confundindo-o com um editor, passa-lhe um manuscrito, autografado, de uma de suas parábolas enigmáticas: "Leopardos irrompem no templo e bebem até o fim o conteúdo dos vasos sacrificiais; isso se repete sempre; finalmente, torna-se previsível e é incorporado ao ritual".[18]

Mas Ratinho não tem o texto que, superposto à enigmática parábola, lhe facultaria a compreensão do que julga ser a mensagem codificada de Trotsky. Qual seria a missão? Um atentado a banco? A uma igreja já que o texto fala em templo? Depois de idas e vindas, encontra-se novamente com Kafka, que desfaz o engano. Desconfiando que está sendo procurado pela polícia local, volta para sua

[18] SCLIAR, 2000, p. 7.

aldeia e de lá emigra com a família para o Brasil. Morador de Porto Alegre, conserva consigo o manuscrito de Kafka, de quem lê, inclusive, outros textos que tampouco compreende, vira alfaiate e permanece assombrado pelo fracasso da missão do passado. O manuscrito de Kafka será entregue para um sobrinho-neto, envolvido com um grupo de resistência à ditadura militar no Brasil, para que o vendesse em São Paulo. Preso com o manuscrito, só conseguiu ser solto pela intermediação do próprio Ratinho que troca a liberdade do sobrinho por um terno com o qual subornou o delegado do DOPS encarregado do caso.

O manuscrito de Kafka, escrito em alemão, gerou desconfiança no policial que o tomou por uma mensagem subversiva, uma prova das ligações do rapaz com o comunismo internacional. Mas Ratinho intervém, diz tratar-se apenas de obra de um escritor esquisito, maluco mesmo e consegue a liberação do sobrinho. Uma trapalhada final: ele contrata um motorista de uma Kombi para roubar o latão de lixo do DOPS para recuperar a parábola autografada por Kafka, rasgada pelo policial. Só consegue um fragmento que é enquadrado e conservado por ele até morrer. Pelo breve resumo, temos uma ideia do ritmo acelerado do texto, seu caráter
aventuresco e intrincado, os muitos desvios e eventos presentes na narrativa.

Ressalte-se que o romance dialoga intertextualmente, em várias passagens, com muitos textos de Kafka: *Na colônia penal,*[19]

---

[19] KAFKA, 1998.

O processo,[20] "Diante da lei",[21] "Uma mensagem imperial",[22] entre outros. A figura do imperador agonizante, por exemplo, que sussurra ao ouvido do mensageiro um último desígnio, pode ser aproximada à de Ratinho relatando sua história ao sobrinho médico. "Diante da lei", além de uma metáfora da novela de Scliar como um todo, das situações aporísticas frente as quais se debate sem sucesso o protagonista, também aparece travestida na inescrutabilidade da imposição da presença dos leopardos no templo, a que, em vão, Ratinho tenta conferir um sentido. Essas referências vão tecendo uma rede semântica que propicia mais que o pano de fundo para a realidade repressiva do período ditatorial brasileiro enfocado no texto de Scliar, período em que o poder do Estado se revela violentamente repressor.

Na relação que estabelecem entre os textos de Kafka e o Direito, especialmente o conto "Diante da lei", Wremyr Scliar e Francisco Juruena situam bem a visão contundente de Kafka de que o Estado é um ente opressor e impessoal, fundado sobre uma ordem impositiva:

> Para Kafka, o Direito, como o Estado, revestem-se (e se relacionam com o homem) de aspectos como a crosta ou a aparência exterior de um ser incompreensível. Como o seu personagem – o guarda da porta do Tribunal – também o homem não sabe a verdadeira dimensão do que lhe está ocorrendo, e a

[20] KAFKA, 2005.

[21] KAFKA, 2011.

[22] KAFKA, 2011.

> sua impossibilidade de transpor a entrada do Tribunal resulta antes de uma intimidação preexistente do que do uso da força. O totalitarismo é mostrado em sua face exterior mais crua.[23]

As referências inspiradas na obra de Kafka e a parábola dos leopardos em torno da qual gira todo o enredo, promovem, no texto de Scliar, um jogo de espelhos. A crítica que faz Kafka ao Direito e ao Estado ressoa na crítica feita por Scliar ao Estado autoritário brasileiro com as violências impostas pelo golpe civil-militar de 1964. Na verdade, fazendo ecoar no seu os textos do escritor canônico e, sobretudo, instigando provocativamente o leitor a torná-los iluminadores de um contexto ditatorial fático, o texto de Scliar marca sua diferença. As alegóricas situações encenadas na escrita de Kafka e os enigmas nelas contidos, de alguma forma, vão se deslindando na narrativa de Scliar, nele adquirindo corpo e voz.

Todas essas retomadas, conscientemente trabalhadas por Scliar em *Os leopardos de Kafka,* revelam sua postura reverente diante da literatura de Kafka: "Ainda pensou em voltar, em dizer a Kafka que o texto era – embora não o tivesse entendido – maravilhoso."[24] As situações bizarras, sem saída, vividas pelo personagem Ratinho são como uma emulação do universo kafkiano. Diria, para usar uma expressão de Silviano Santiago,[25] que há uma invisibilidade dessa parte do texto de Scliar se superposto ao de Kafka. Assumidas tais referências por um personagem canhestro,

---

23 SCLIAR; JURUENA, 2008, p. 50.

24 SCLIAR, 2000, p. 91.

25 SANTIAGO, 1978.

no entanto, deslocadas para o espaço brasileiro e para situações de opressão e arbitrariedade concretas do contexto brasileiro aí referido, essas referências suplementam o texto canônico e acentuam o caráter político de *Os leopardos de Kafka*. O contexto da ditadura militar brasileira, por exemplo, é finalmente enfrentado pelo personagem Ratinho, até então alguém melancolicamente preso ao fracasso dos ideais trotskistas do passado. Ele o enfrenta com inteligência, logrando libertar o sobrinho com uma intervenção arguta na situação repressivamente arbitrária do poder policial. O deslocamento, pelo humor, da situação de opressão própria do universo kafkiano e a exposição hilária da ignorância do delegado acentuam a visão específica de Scliar, mesmo que reverente à herança de Kafka.

Nessa direção, a figura do escritor canonizado é desconstruída várias vezes no decorrer da narrativa: no ressalto da obscuridade de seu texto: "Tem um emprego burocrático. E sabe por quê? Porque não consegue viver da literatura. Claro, ninguém entende o que ele escreve,[26] na dificuldade intransponível de decodificação de suas parábolas: "Metamorfose, parece que é o título – é sobre um homem que se transforma em inseto. Você já viu coisa mais esquisita?",[27] na ironia com que são referidos os estereótipos da crítica sobre a obra de Kafka, mas também na fragilidade física e na melancolia do escritor. Apresentam-se, assim, estes dois movimentos no romance de Scliar: reverência e desconstrução.

[26] SCLIAR, 2000, p. 44.

[27] SCLIAR, 2000, p. 44.

Perplexo com a leitura da parábola dada pelo escritor, por exemplo, Ratinho registra a total obscuridade do texto e afirma sua importância literária, mas põe em dúvida sua força revolucionária:

> Não entendo o que você escreve, camarada Kafka. Sinto muito, mas não entendo. Talvez o seu texto represente um novo estágio na literatura um estágio que escapa ao alcance da maioria das pessoas. Mas permita-me perguntar, camarada: o que escapa ao alcance das pessoas – é revolucionário?[28]

Quando, ainda em Praga, Kafka insiste para que Ratinho conserve o manuscrito. A solenidade do evento, o caráter de doação impositiva de uma herança, muito embora não compreendida em toda sua extensão pelo beneficiário, tinge de uma espécie de sacralidade o texto kafkiano e a própria figura do escritor:

> O olhar, o tom de voz impressionaram Ratinho. Era como se Kafka tivesse resolvido, naquele momento, torná-lo depositário de algo que ele não sabia bem o que era, mas que não queria aceitar. [...] — Mas eu não devo... [...] — Fique. – O tom era agora claramente impositivo, tão impositivo que Ratinho chegou a se assustar.[29]

Ratinho é o herdeiro de Kafka. O texto do escritor é um legado que não lhe é dado recusar, assim como ocorre com o escritor Moacyr Scliar.

---

[28] SCLIAR, 2000, p. 54.

[29] SCLIAR, 2000, p. 91.

> "Herdar", nos diz Fernanda Bernardo, "é sempre re-inventar respondendo a uma espécie de dupla injunção. Com efeito, ser herdeiro é, por um lado, nada inventar *ex-nihilo*: é ser afetado por algo que, anterior e independente de nós, que portanto nós não escolhemos, 'nos cai em cima'. Herdar é, a este nível, saber e saber reafirmar o legado, aquilo que vem 'antes de nós' e que nós recebemos sem escolher."[30]

Ao retomar conceitos de Jacques Derrida, é ainda Fernanda Bernardo que assinala que o legado é definido pela impossibilidade de escolha; é ele que nos escolhe. Mas, por outro lado,

> é no entanto possível escolher mantê-lo vivo, isto é, fazê-lo *sobreviver*: uma escolha que, a par da passividade, diz também da obrigação de um certo 'sim'. Uma obrigação não isenta de atividade. Porque herdar é também re-afirmar, ou seja, é também alongar o legado, alterando-o, desafectando-o e afectando-o, inscrevendo-se (pela resposta) *idiomática* ou singularmente nele.[31]

 Herdeiro de Kafka, afirmando sua dívida com o precursor consagrado, Scliar escolhe, a par do "sim", a par da reverência, "desafetar" essa herança, desconstruindo-a em inúmeras passagens. Veja-se a avaliação feita por Ratinho sobre a escrita kafkiana na sua conversa com o delegado:

---

[30] BERNARDO, 2002, p. 428.

[31] BERNARDO, 2002, p. 428.

— Me diz uma coisa Ratinho. A gente se conhece há muito tempo, eu sei que tu lês muito. Tu gostas deste tipo de escrito?

— Não - disse o Ratinho. — Acho uma merda.

— Não é? - o delegado, triunfante. — Não é mesmo uma merda, um troço incompreensível? Leopardos no templo... Quem é que quer saber de leopardos no templo? Isso aí não tem pé nem cabeça.[32]

Como explica Ricardo Piglia, num texto significativamente intitulado "Memoria y tradición",[33] ao escritor latino-americano é conferida uma mirada estrábica: um olho na tradição europeia, outro nas entranhas da pátria. Pigia problematiza, assim, o diálogo com o passado cultural uma vez que aquilo que identifica uma cultura é o que se constrói em tensão, no espaço da utopia, entre o que não é de ninguém e o uso privado da linguagem a que chamamos literatura.

As musas inspiradoras dos escritores latino-americanos seriam, pois, a tradição, a *ex-tradição,* o resíduo de um passado cristalizado que se imiscui no presente e cujas relações se tecem sempre por contradição. Diante da monumentalidade da escrita kafkiana, o texto de Scliar, a "literatura menor" de um escritor latino-americano, assume o risco do impossível equilíbrio de que nos fala Piglia, remanejando com uma dicção própria e irreverente o legado de Kafka. A parábola elaborada por Kafka em *Os leopardos de Kafka,* alegoricamente, trata do poder como algo ameaçador

32 SCLIAR, 2000, p. 112.

33 PIGLIA, 1991, p. 60.

e aterrorizante que se instala e que se incorpora ao quotidiano, mesmo quando aniquila o que se tem como mais sagrado. Colocada em abismo no texto de Scliar, afetada pela apropriação, a parábola se erige como alegoria do contexto repressivo do período ditatorial no Brasil dos anos 1960.

Ainda se referindo à força das literaturas menores, Deleuze e Guatarri a caracterizam como eminentemente política:

> A segunda característica das literaturas menores é que nelas tudo é político [...] seu espaço exíguo faz com que cada caso individual seja imediatamente ligado à política. O caso individual se torna então mais necessário, indispensável, aumentado ao microscópio, na medida em que uma outra história se agita nele.[34]

Na instituição geriátrica, agonizante, Ratinho delira ainda assombrado pelos leopardos de Kafka. Só que, agora, corajosamente, os enfrenta, fazendo-os recuar, abandonar para sempre o lugar sagrado do templo e desvendando o enigma presente na parábola, afetando tal legado pelo enfrentamento, pela ação revolucionária, mesmo que no espaço utópico do delírio. Assim:

> Os leopardos dão meia-volta e lentamente somem nas sombras de onde emergiram. Quase sem querer, Ratinho deixa es-

[34] DELEUZE; GUATTARI, 1997, p. 26.

> capar um audível suspiro. Os leopardos se foram. Onde estão os leopardos agora? Não no templo. No templo, não.
> Ratinho pode enfim descansar. Fecha as portas do templo e se vai.[35]

"E a ficção é isso aí, uma coisa sem controle",[36] diz um dos personagens de Scliar, justamente um contador de histórias. É com ela que Scliar enfrenta o legado kafkiano, construindo sua enunciação a partir do espaço do "escritor menor", do entre-lugar do leito de morte, afetando as aporias presentes no legado kafkiano, politizando-as, tingindo-as com a marca da utopia. *Os leopardos de Kafka*, de Moacyr Scliar, é, pois, texto e herança kafkianas que nosso "escritorzinho do Bonfim", simultaneamente, reverencia e desconstrói.

REFERÊNCIAS

BERNARDO, Fernanda. A ética da hospitalidade, segundo J. Derrida, ou o porvir do cosmopolitismo por vir a propósito das cidades-refúgio, reinventar a cidadania (II). *Revista Filosófica de Coimbra*. Coimbra, n. 22, p. 421-446, 2002.

BLOOM, Harold. *A angústia da influência*: uma teoria da poesia. Trad. Arthur Nestrovski. Rio de Janeiro: Imago, 1991.

BLOOM, Harold. *Um mapa de desleitura*. Trad. Thelma Médici Nóbrega. Rio de Janeiro: Imago, 2003.

---

[35] SCLIAR, 2000, p. 117.

[36] SCLIAR, 2000, p. 40-41.

BORGES, Jorge Luis. Kafka e seus precursores. Trad. Sérgio Molina. In: ______. *Jorge Luis Borges. Obras completas II*. Vários tradutores. São Paulo: Globo, 2000. p. 96-98.

CORNELSEN, Elcio Loureiro; CURY, Maria Zilda Ferreira. Espaço étnico e traduções culturais em Moacyr Scliar e Eliezer Levin. In: ZILBERMAN, Regina; BERND, Zilá (Org.). *O viajante transcultural*: leituras da obra de Moacyr Scliar. Porto Alegre: EDIPUCRS, 2004. p. 155-177.

CORREIA, Patrícia Cardoso. Moacyr Scliar: imagens do Judaísmo na cultura brasileira. *Revista Lusófona de Ciência das Religiões*, ano IV, n. 7/8, p. 191-234, 2005.

DELEUZE, Gilles; GUATTARI, Félix. *Kafka*: por uma literatura menor. Trad. Júlio Castañon Guimarães. Rio de Janeiro: Imago, 1997.

GINZBURG, Jaime. Uma literatura contra a morte: notas sobre narradores em Moacyr Scliar. In: BERND, Zilá; MOREIRA, Maria Eunice; MELLO, Ana Maria Lisboa de (Org.). *Tributo a Moacyr Scliar*. Porto Alegre: EDIPUCRS, 2012. p. 69-78.

GUIMARÃES, Júlio Castañon. Orelha. In: DELEUZE, Gilles; GUATTARI, Félix. *Kafka*: por uma literatura menor. Trad. Júlio Castañon Guimarães. Rio de Janeiro: Imago, 1997.

KAFKA, Franz. *A metamorfose. O veredicto*. Trad. Marcelo Backes. Porto Alegre: L&PM, 2001.

KAFKA, Franz. Diante da Lei. In: ______. *Essencial Franz Kafka*. Trad. Modesto Carone. São Paulo: Companhia das Letras, 2011. p. 101-108.

KAFKA, Franz. *O veredicto. Na colônia penal*. Trad. Modesto Carone. São Paulo: Companhia das Letras, 1998.

KAFKA, Franz. Uma mensagem imperial. In: ______. *Essencial Franz Kafka*. Trad. Modesto Carone. São Paulo: Companhia das Letras, 2011. p. 173-178.

PIGLIA, Ricardo. Memoria y tradición. In: CONGRESSO ABRALIC, 2, v. 1, 1991, Belo Horizonte. *Anais*... Belo Horizonte: ABRALIC, 1991. p. 60-66.

SANTIAGO, Silviano. *Uma literatura nos trópicos*: ensaios sobre dependência cultural. São Paulo: Perspectiva, 1978.

SCLIAR, Moacyr. *A condição judaica*. Porto Alegre: L&PM, 1987.

SCLIAR, Moacyr. *A Guerra no Bom Fim*. Porto Alegre: L&PM, 2001.

SCLIAR, Moacyr. Mestre em duas áreas. [Entrevista, 3 mar. 2008]. Disponível em: <http://www.academia.org.br/noticias/mestre-em-duas-areas>. Acesso em: 15 fev. 2018.

SCLIAR, Moacyr. *O exército de um homem só*. Porto Alegre: L&PM, 2002.

SCLIAR, Moacyr. *Os leopardos de Kafka*. São Paulo: Companhia das Letras, 2000.

SCLIAR, Wremyr; JURUENA, Francisco. Kafka e o Direito. In: SÖHNGEN, Clarice Beatriz da Costa; PONDOLFO, Alexandre Costi (Org.). *Encontros entre Direito e Literatura*: pensar a arte. Porto Alegre: EDIPUCRS, 2008. p. 47-54.

VIEIRA, Nelson. *Contemporary Jewish Writing in Brazil*: an Anthology. Lincoln: University Press, 2009.

Moacyr Scliar e a autoria póstuma da Bíblia

Regina Zilberman

> *[...] as coisas no paraíso terrestre passaram-se de modo diferente do que está contado no primeiro livro do Pentateuco, que é apócrifo.*
>
> Machado de Assis

Desde a abertura de *Memórias póstumas de Brás Cubas*, o narrador busca conferir verossimilhança à poética que embasa seu livro. Para alcançá-la, apela à jurisprudência: bem antes dele, Moisés "também contou a sua morte", ainda que a tenha colocado "no cabo", e não "no introito", como Brás procede no primeiro parágrafo do capítulo inicial do romance, essa sendo, a seu ver, a "diferença radical entre [seu] livro e o Pentateuco."[1]

Memórias póstumas de Brás Cubas é, pois, comparável ao Pentateuco e, sob esse ângulo, o narrador e protagonista apresentar-se-ia como «o homem que escreveu a Bíblia», ou ao menos sua primeira parte. A proposta, sutil, atravessa o romance, haja vista os capítulos em que aparecem Adão e Eva, Caim ou Abraão. Talvez soe exagerado afirmar que, ao redigir *A mulher que escreveu a Bíblia*,[2] Moacyr Scliar tivesse em mente refazer

1 ASSIS, 1960, p. 111.

2 SCLIAR, 1999.

ou repaginar os escritos de Brás Cubas. Afinal, antes de começar o romance, o escritor introduz, na qualidade de paratexto, uma epígrafe extraída dos comentários de Harold Bloom à edição norte-americana de *O Livro de J*,[3] uma das possíveis versões da Bíblia hebraica.

Contudo, Scliar não só era conhecedor da obra de Machado de Assis, como se prontificou, após publicar *A mulher que escreveu a Bíblia*, a adaptar duas de suas narrativas: "O alienista" e *Dom Casmurro*, transformadas em, respectivamente, *O mistério da casa verde*[4] e *Ciumento de carteirinha*: uma aventura com Dom Casmurro.[5] Não surpreende que *Memórias póstumas de Brás Cubas* tenha povoado seu imaginário, ainda que de modo menos explícito.

1 "O processo extraordinário que empreguei na composição destas *Memórias*"

Conforme comenta Brás Cubas, a narração da morte de Moisés aparece ao final do Pentateuco. No capítulo 34, de *Deuteronômio*, diz o Senhor ao profeta hebreu que ele poderá contemplar a terra prometida, "porém não irás para lá." Após ter ouvido essa declaração, "morreu ali Moisés, servo do Senhor, na terra de Moabe".[6] É esse o procedimento alterado por Brás, noticiando o próprio

[3] BLOOM; ROSENBERG, 1992.

[4] SCLIAR, 2000.

[5] SCLIAR, 2006.

[6] Dt 34: 4-5.

falecimento logo no segundo parágrafo de suas memórias: "expirei às duas horas da tarde de uma sexta-feira do mês de agosto de 1869, na minha bela chácara de Catumbi".[7]

Brás Cubas é econômico no que diz respeito à explicitação da poética adotada para a narrativa. Na sua perspectiva, bastava informar que ela principiaria pela exposição do «óbito do autor»,[8] já que o livro apontava, desde o título, que as memórias ali registradas eram póstumas. Se o autor já tinha falecido quando começou a redigir seu texto, nada mais plausível que colocar primeiramente a morte, razão por que se identifica como «defunto autor», e não «autor defunto».[9] O projeto parecia verossímil, porque evidenciava uma coerência interna entre pressuposição e realização.

Talvez Moisés não tenha sido objeto de cobranças relativas à inverossimilhança resultante da narrativa da própria morte, ainda mais comprometedora porque exposta em terceira pessoa. Brás Cubas escapa da armadilha, ao assumir, desde a linha de abertura, o caráter póstumo do relato e ao adotar o registro autodiegético, mantido até o final, quando dá conta de seu legado negativo. Essas providências, contudo, parecem não ter bastado, a se julgar pelo prólogo que acopla à primeira edição em livro de *Memórias póstumas de Brás Cubas*, ausente na versão impressa "aos pedaços na *Revista Brasileira*" em 1880.[10] Nesse prefácio, intitulado "Ao

---

[7] ASSIS, 1960, p. 111.

[8] SCLIAR, 2000.

[9] ASSIS, 1960, p. 111.

[10] ASSIS, 1960, p. 107.

leitor", o narrador chama o livro de "obra difusa" e "de finado", livra-nos de "um prólogo explícito e longo" e escamoteia a questão principal, ao declarar que evita "contar o processo extraordinário que empreguei na composição destas *Memórias,* trabalhadas cá no outro mundo".[11] Não é menos evasivo no segundo prólogo que acrescenta ao livro em 1899, ano da quarta edição da obra.

Estava dado o recado a quem desejasse escrever um livro que escapasse às coordenadas convencionais do realismo e da verossimilhança: o melhor é não dar muitas explicações. A fórmula teria precedente ilustre – o redator, supostamente Moisés, do Pentateuco. Se, porém, o autor optar por oferecê-las, aconselha-se seguir percurso similar, eis a mensagem de Machado de Assis.

Em *A mulher que escreveu a Bíblia,* constata-se o aprendizado da lição. O pressuposto ficcional é a tese de Bloom, que atribui *O Livro de J* a uma mulher.

O Livro de J corresponderia, a partir desse pressuposto, à versão mais antiga da Bíblia hebraica, tendo sido produzida há aproximadamente três mil anos, à época do reino de Roboão (ou Reoboão), filho de Salomão e herdeiro do trono. Quem quer que tivesse elaborado aquela obra, teria vivido no século X a. C. em Jerusalém e frequentado a corte de Salomão ou de Roboão, pertencendo à elite palaciana. O título, *O Livro de J,* escolhido pelos estudiosos da Bíblia, advém da denominação conferida a Deus, Javé ou Jeová,

[11] ASSIS, 1960, p. 109.

ao longo da narrativa, em oposição a versões posteriores, em que a divindade chama-se Elohim. A Bloom coube a identificação da autoria feminina, hipótese desde a qual Scliar constrói seu relato.

O romance compõe-se de duas partes. Na primeira, ocupando a posição de um prólogo, o narrador, em primeira pessoa, apresenta-se como terapeuta de vidas passadas. Bem-sucedido e famoso, teve, entre as clientes, uma jovem que, traumatizada em razão de desilusão amorosa, almejava superar o problema. O procedimento leva-a a regredir até o tempo do rei Salomão, de quem teria sido uma das muitas esposas e por quem estava enamorada, embora não fosse correspondida. As descrições das cenas amorosas por parte da paciente acendem a paixão do terapeuta, mas, quando ele está em vias de anunciar seu amor, a moça abandona o tratamento, legando-lhe tão somente uma "pasta de cartolina", que "continha a história que havia escrito baseada em sua viagem ao passado."[12]

A segunda parte, bem mais extensa, reproduz a narrativa, também em primeira pessoa, redigida pela moça que, contudo, adota a personalidade de sua vida passada. A narradora é uma jovem que, por razões estratégicas, é oferecida como esposa a Salomão por seu pai, líder de uma das tribos hebreias que pretendia garantir alianças políticas com o poderoso monarca. Feia, não incita a atenção do marido, dividido entre as demais esposas e concubinas. Porém, alfabetizada pelo escriba de sua aldeia e dona de estilo original, acaba por ficar encarregada da redação de um livro que

[12] SCLIAR, 1999, p. 17.

reuniria a história de seu povo desde as origens até a época atual das personagens. Salomão, empenhado na edificação do templo de Jerusalém, visa perpetuar seu nome também com a redação de um livro sagrado, mas o convencionalismo dos sábios anciãos que contratara impedia a concretização da tarefa.

O prólogo, mais longo que os de Brás Cubas, compartilha o intuito de seu precedente, ao exibir, de modo ambíguo, a poética do enredo que se segue. Evidencia o processo de produção do texto, resultado da regressão bem-sucedida à vida primordial da moça, "filha de fazendeiro",[13] que se encontrou na personalidade da autora de *O Livro de J*. As semelhanças biográficas aproximam as duas moças – ambas são feias, apaixonaram-se primeiro por um homem posicionado, em termos sociais e econômicos, abaixo delas, respectivamente o "empregado da fazenda"[14] e o "pastorzinho",[15] ao qual retornam ao final da trama, sendo que, no intervalo, ficam arrebatadas pela beleza e o charme de Salomão – semelhanças que justificam a redação, por parte de uma, do livro da outra. Sob esse ângulo, a proposta mostra-se verossímil, verossimilhança confirmada pelo fato histórico de *O Livro de J* ser considerado a versão mais antiga da Bíblia hebraica e pela tese acadêmica de Bloom, para quem a autoria daquela obra dever-se-ia a uma dama da corte.

Por outro, e tal como no caso das *Memórias póstumas de Brás Cubas*, o prólogo deixa aberto à interpretação o princípio que rege a cons-

---

13 SCLIAR, 1999, p. 12.

14 SCLIAR, 1999, p. 13.

15 SCLIAR, 1999, p. 33.

trução da narrativa. O terapeuta e narrador admite que age de modo fraudulento, pois, ex-professor de História, induzia os pacientes a se identificar com um ou outro protagonista célebre do passado. Relativamente à jovem que teria escrito o livro, ele comenta:

> logo ela estava regredindo no tempo até chegar, em suas visões, ao palácio que vira em sonhos e que era o palácio do rei Salomão (o que, aliás, para mim foi um problema – eu conhecia pouco a Bíblia, tive de estudar o assunto às pressas).[16]

Adiante, complementa, sugerindo que o texto talvez proceda, não da jovem, mas dele mesmo, sendo o terapeuta o autor da presuntiva Bíblia:

> Essa é a história que tenho lido, dia e noite, desde que ela se foi. Procuro a mim próprio, nessa história. Procuro-me nas linhas e nas entrelinhas, procuro-me nos nomes próprios e nos nomes comuns, procuro-me nos verbos e nos advérbios, nos pontos, nas vírgulas, nas reticências. E não me acho. Assim como não me acho em lugar nenhum. Estou perdido.[17]

Tanto Brás Cubas, quanto a redatora da *Bíblia* contam com um precedente ilustre: em *Memórias póstumas de Brás Cubas*, Moisés, a quem a tradição atribui a autoria do Pentateuco; no romance de Scliar, a autora de *O Livro de J*. Mas, nesse caso, essa autora, invertendo a tese de Bloom, pode ter sido um homem, já que tam-

[16] SCLIAR, 1999, p. 14.

[17] SCLIAR, 1999, p. 17.

bém é possível pensar que o falso terapeuta das vidas passadas é o paciente, e não o agente, da regressão, logo, o responsável pelo texto. Nesse caso, à oscilação de gênero, acrescenta-se outra particularidade: a obra dispõe de um ou de dois autores?

Ao duplicar a autoria, embora de modo ambíguo, já que esse desdobramento é sugerido, mas jamais afirmado ou comprovado, e ao promover a flutuação do gênero, Scliar encena a questão que aflige tanto os estudos literários, quanto a hermenêutica bíblica. Estes enfrentam os problemas relativos à unidade do texto que, na Antiguidade, passou por reformulações e reescritas, sem que pudesse postular a identidade de seu autor ou autores, ao contrário do que ocorre com obras contemporâneas à Bíblia hebraica, como a *Ilíada* e a *Odisseia*, que puderam ser atribuídas a um nome, Homero, ainda que de existência duvidosa. Da sua parte, os estudos literários não estão menos inseguros quanto à natureza da autoria, que pode ser mitificada ou desconstruída, como propôs Roland Barthes,[18] repartida entre criação, apropriação ou plágio, dividida entre biografia e história, mas que, na modernidade, nunca deixou de se apresentar como enigma a decifrar. Machado de Assis, de uma parte, Scliar, de outra, desde paradigmas sagrados, refazem esse trajeto, tentando talvez responder à pergunta que Carlos Drummond de Andrade legou àqueles que estão à procura da poesia: “Trouxeste a chave?”[19]

---

[18] BARTHES, 1988, p. 57-64.

[19] ANDRADE, 2002, p. 118.

2 "Teme a oscuridade, Brás, foge do que é ínfimo"

Não apenas no que diz respeito à autoria aproximam-se os narradores dos dois romances. Eles também se assemelham na finalidade de seus respectivos projetos.

Brás Cubas opta por iniciar a escrita de seu livro pela narrativa de seu óbito, provocado por uma pneumonia. Logo a seguir, o narrador se desmente: "mas se lhe disser que foi menos a pneumonia, do que uma ideia grandiosa e útil, a causa da minha morte, é possível que o leitor me não creia, e todavia é verdade."[20]

A ideia "grandiosa e útil" ocupa o capítulo seguinte, "O emplasto", em que comenta ter sido tomado por uma ideia – "nada menos que a invenção de um medicamento sublime, um emplasto anti-hipocondríaco, destinado a aliviar a nossa melancólica humanidade."[21] Ainda que a invenção possa aparentemente ter objetivo "verdadeiramente cristão", além das "vantagens pecuniárias que deviam resultar da distribuição de um produto de tamanhos e tão profundos efeitos»,[22] o que moveu a personagem "foi o gosto de ver impressas nos jornais, mostradores, folhetos, esquinas, e enfim nas caixinhas do remédio, estas três palavras: *Emplasto Brás Cubas*".[23] E prossegue:

---

20 ASSIS, 1960, p. 113.

21 ASSIS, 1960, p. 113.

22 ASSIS, 1960, p. 113.

23 ASSIS, 1960, p. 113.

> Para que negá-lo? Eu tinha a paixão do arruído, do cartaz, do foguete de lágrimas. Talvez os modestos me arguam esse defeito; fio, porém, que esse talento me hão de reconhecer os hábeis. Assim, a minha ideia trazia duas faces, como as medalhas, uma virada para o público, outra para mim. De um lado, filantropia e lucro; de outro lado, sede de nomeada. Digamos: – amor da glória.[24]

O desejo da fama supera, em Brás, a ambição do lucro, legítimo aos olhos dos amigos, e a exposição do gesto filantrópico, que soaria agradável aos ouvidos do governo. A descoberta do elixir capaz de aliviar a melancolia da humanidade é a última etapa de uma trajetória marcada pela "sede de nomeada", em oposição à obscuridade que acompanha o percurso histórico dos Cubas.

Similar intenção ocupa a mente de Salomão, herdeiro do reino que se expandiu durante os reinados de Saul e de seu pai, Davi. Renomado governante, graças a seu poder e sabedoria, Salomão deseja perpetuar a memória de seus feitos e de seu povo, erigindo primeiramente um templo para acolher os seguidores da crença monoteísta que remonta a Abraão. Contudo, apesar de ter transformado Jerusalém em "cidade sagrada, além de capital política",[25] fato que Salomão "considerava um êxito pessoal, uma consagração",[26] o rei não parecia satisfeito, o que o motiva a pro-

---

[24] ASSIS, 1960, p. 113.

[25] SCLIAR, 1999, p. 116.

[26] SCLIAR, 1999, p. 116.

mover a escrita de um livro "que dure para sempre",[27] capaz de se disseminar pelo mundo. Esse livro teria como assunto "a história da humanidade, de nosso povo" e seria "a base da civilização".[28]

Ao encomendar a redação do livro, Salomão enfatiza seus objetivos: "quero que descrevas a trajetória de nossa gente através do tempo", "um livro que as gerações leiam com respeito, mas também com encanto",[29] mas também deixa escapar suas intenções ocultas:

> Não penses que se trata de promoção pessoal. Para mim próprio, não quero mais que um capítulo, e pode até ser um capítulo curto. Coisa simples, sintética. Claro, a construção do templo tem de entrar, e até com detalhes. Mas não é preciso mencionar que falo com os pássaros. Isso a tradição se encarregará de preservar. Basta que fales de minhas obras, de minha paixão pela sabedoria.[30]

A celebridade seduz Salomão, e essa coincide com a perenização de seus atos. Uma obra material, como um templo, ainda que sagrada, pode ser destruída, e o rei não deseja ser "lembrado por ruínas".[31] Por isso, um registro escrito, que estabeleça uma linha cronológica que remonte à criação e desemboque no famoso monarca. Nada mais nada menos que a produção de uma genealogia

27 SCLIAR, 1999, p. 116.
28 SCLIAR, 1999, p. 116.
29 SCLIAR, 1999, p. 117.
30 SCLIAR, 1999, p. 118.
31 SCLIAR, 1999, p. 116.

ilustre, como a que o velho Cubas programou, retrospectivamente, para sua família, conforme uma sequência de fatos magníficos a serem continuados por Brás.

As memórias póstumas poderiam corresponder à celebridade substituta, já que o projeto do emplasto leva o protagonista à morte. Mas o autor presuntivo das memórias, agora no "outro mundo", já não carrega consigo as ilusões da fama. No prólogo à edição de 1881, Brás supõe que seu livro não atrairá mais que cinco leitores; no capítulo LXXII, cogita que, depois de setenta anos, seu livro poderá interessar tão somente ao bibliômano que o encontrar em algum alfarrabista.

De Salomão não se pode afirmar que a cobiçada notoriedade não tenha sido atingida; mas o livro em que tanto apostou transforma-se em cinzas, impedindo, por parte dele, o controle sobre a narrativa ou sobre o enfoque a ser dado. Sua autora igualmente desinteressa-se do produto, abandonando, após tórrida noite de amor com o herói de seu relato, o palácio e retornando às suas origens. Mas com novos planos:

> Sem dificuldade, pulei o muro do palácio. Corri pelas ruas da cidade adormecida, em direção ao sul, ao deserto. Ia atrás de um certo pastorzinho. Se me apressasse, poderia encontrá-lo em dois ou três dias. À altura de certa montanha. E de suas enigmáticas, mas promissoras, cavernas.[32]

---

[32] SCLIAR, 1999, p. 216.

Se o capítulo "Das negativas", que encerra as *Memórias póstumas de Brás cuvas,* assinala o fracasso dos projetos de Brás – "Não alcancei a celebridade do emplasto, não fui ministro, não fui califa, não conheci o casamento."[33] –, o parágrafo de fechamento de *A mulher que escreveu a Bíblia* pressagia novos episódios, talvez mais auspiciosos. A distinção decorre do deslocamento proposto por Scliar, ao dissociar autoria, prerrogativa da jovem esposa, e busca de celebridade, meta ambicionada por Salomão. Essa dissociação se sustenta mesmo se atribuída a produção do texto ao fraudulento terapeuta, já que, tal como sua criatura, ele renuncia à profissão que lhe trouxera fama e fortuna, alterando o rumo de sua vida.

3 "Que me conste, ainda ninguém relatou o próprio delírio"

Se, conforme a hipótese inicial, Brás Cubas é, à sua moda, "o homem que escreveu a Bíblia", pode-se presumir que ele narrou a gênese e, eventualmente, o apocalipse. O capítulo VII, "O delírio", expõe como o protagonista entende a criação e o final dos tempos, concepção que talvez fosse compartilhada pelo próprio Machado de Assis.

Brás julga um privilégio oferecer ao leitor a narração do delírio, situação *ante mortem* a que não se tem acesso por meio de um discurso alheio. Ao fazê-lo, informa que, primeiramente, tomou "a

33 ASSIS, 1960, p. 304.

figura de um barbeiro chinês", mas logo se sentiu "transformado na *Suma Teológica*" de Santo Tomás de Aquino, "impressa num volume, e encadernada em marroquim, com fechos de prata e estampas".[34] Por fim, é restituído "à forma humana" e, carregado por um hipopótamo, conduzido "à origem dos séculos",[35] descrito como "a região dos gelos eternos", "imensa brancura da neve".[36]

A jornada de Brás Cubas leva-o ao início dos tempos, correspondente ao nada das terras geladas e inabitadas. O próprio Éden ficara para trás, como se retornasse à situação da terra "sem forma e vazia"[37] a que se refere *Gênesis*, em seu primeiro capítulo. Mas esse é também um universo em que Deus não comparece, pois a personalidade encontrada pelo viajante é «Natureza ou Pandora»,[38] que se apresenta ao interlocutor como "tua mãe e tua inimiga",[39] anunciando-lhe a "voluptuosidade do nada".[40] Brás tenta negociar com a impressionante criatura e solicita mais um tempo de vida, o que ela recusa, oferecendo-lhe em troca a contemplação do futuro.

Por meio de uma longa explanação, acompanha-se a trajetória das distintas sociedades e grupos, em que se alternam avanços

34 ASSIS, 1960, p. 120.
35 ASSIS, 1960, p. 120.
36 ASSIS, 1960, p. 127.
37 Gn 1:2.
38 ASSIS, 1960, p. 121.
39 ASSIS, 1960, p. 121.
40 ASSIS, 1960, p. 122.

científicos e recuos à barbárie, sem que a humanidade melhore ou se aperfeiçoe. Evidencia-se, assim, uma concepção de história carente da interferência divina, logo, secular e ateia, que recusa uma visão teleológica dos acontecimentos. Inexistem, na narração proposta em "O delírio", uma origem e um fundador, nem um final messiânico ou apocalíptico. Na escrita da Bíblia proposta por Brás Cubas, vigoram a dessacralização e o niilismo, contradizendo a tradição religiosa, de orientação cristã, que presidiu a constituição da sociedade e da cultura nacionais.

O relato da criação igualmente ocupa *A mulher que escreveu a Bíblia,* sendo esse o problema fundamental com que se depara a protagonista tão logo aceita a tarefa imposta por Salomão. A escritora estreante expõe inicialmente suas dúvidas e o desânimo, depois convence-se de que "tinha uma grande história para contar", portanto, "iria contá-la".[41] Ainda assim, outra questão se apresenta, aparecendo sob a forma de uma pergunta: "Como começar?"[42] A solução é quase tautológica: percebendo diante de si "uma figura imensa, indefinida, uma diáfana presença imóvel sobre um infinito, escuro oceano",[43] sente, como ela anota, "na remota figura, a tensão, por toda a eternidade contida: a tensão do universo gestado, mas não criado, a tensão do tempo detido, pronto a iniciar o seu fluxo."[44] É o que a leva a redigir a primeira frase: "Foi o suficiente: molhei o cálamo na tinta e escrevi: 'No

41 SCLIAR, 1999, p. 123.

42 SCLIAR, 1999, p. 123.

43 SCLIAR, 1999, p. 123.

44 SCLIAR, 1999, p. 123-124.

começo'."[45] A tautologia se expressa na sugestão de que o começo do texto coincide com o começo da vida e do universo; mas pode significar tão somente o início da redação enquanto tal, sendo a percepção da "diáfana presença" ou a "remota figura" o indício do processo de criação tomando forma e movendo a mão da mulher na direção da escrita.

É então que a autora experimenta uma segunda revelação: contemplando o pergaminho,[46] no qual depositou suas primeiras palavras, ela conclui que é daquela matéria que "deveria partir rumo às origens, do couro do animal sacrificado para que um dia eu pudesse nele escrever".[47] Reproduz-se, então, de certa maneira na qualidade de uma duplificação da terapia que motivou a redação do manuscrito, a regressão ao passado, de certo modo, tal como a vivenciou Brás Cubas, ao ser carregado pelo hipopótamo:

> O couro; antes do couro, a cabra; antes da cabra, as folhas que ela mastigara; antes das folhas, a árvore, a Terra, o universo. Eu precisava refazer aquela história, o que significava voltar

[45] SCLIAR, 1999, p. 124.

[46] Moacyr Scliar parece ter plantado aqui uma anacronia: o uso do pergaminho data de período posterior, ainda que não tenha sido inventado na cidade de Pérgamo, local onde se deu o aperfeiçoamento da manufatura de peles para escrever e que legou seu nome àquele suporte. (Cf. CASSON, 2002). Na Jerusalém de *A mulher que escreveu a Bíblia*, o pergaminho é utilizado com relativa facilidade, e é aí, provavelmente, que se situa o anacronismo. Mas, como desde a abertura da narrativa, está lançada a suspeita sobre a legitimidade do relato de seus narradores, esse recurso pode corresponder apenas à corroboração da dúvida que o romancista não deseja perder de vista.

[47] SCLIAR, 1999, p. 124.

> no tempo séculos e milênios, precipitar-me no redemoinho cósmico que me levaria...[48]

Contudo, a autora desconhece para onde esse processo regressivo a conduziria, o que motiva nova pergunta: "O que fazer?"[49] e a resposta sacrílega: "Vamos de Deus mesmo, pensei, em desespero, e aquilo me deu enorme alívio. Deus: essa era uma ideia na qual eu podia repousar."[50] Mas esse Deus é uma solução de algibeira, como a mulher confessa em seu relato retrospectivo:

> Deus, portanto. Na minha cabeça, Deus seria apenas a energia geradora, não uma figura antropomórfica a reinar sobre a criação. Que Salomão e outros o imaginassem como homem, a mim não importava. Expressaria minha descrença, e meu protesto, abstendo-me de descrever a divindade. Que o imaginassem como um velho de barbas brancas e olhar severo, a mim não importava.[51]

Da revelação e da consciência da escrita, nasce o texto: "'No começo criou Deus o céu e a terra.' Pronto: estava escrito. E, a frase escrita, invadiu-me súbita euforia."[52]

[48] SCLIAR, 1999, p. 124.
[49] SCLIAR, 1999, p. 124.
[50] SCLIAR, 1999, p. 124.
[51] SCLIAR, 1999, p. 125.
[52] SCLIAR, 1999, p. 125.

Na perspectiva do livro de Scliar, o aparecimento do universo – a origem – e a ação fundadora da divindade resultam de outro tipo de criação: a que se vale da palavra, e essa inventa mundos. Ela supõe, tal como no âmbito do texto machadiano, um distanciamento diante do sagrado e uma aspiração ao retorno aos inícios, sem o que não se faz a narração.

Por sua vez, essa escrita é essencialmente transgressora, já que contém a negação das tradições estabelecidas, seja quando enunciada por uma mulher, seja quando resulta do transporte de um sujeito delirante aos princípios do ser e da natureza às costas de um hipopótamo falante. Seu resultado não é menos incendiário, condição encenada no livro de Moacyr Scliar, quando os manuscritos são queimados como forma de punição à *hybris* exibicionista de Salomão, o – nas palavras da esposa escritora – "patrocinador"[53] e, poder-se-ia acrescentar, o editor do livro.

Em "O delírio", Machado propõe a narração do inenarrável – "ainda ninguém relatou o seu próprio delírio" –,[54] como que antecipando a poética das vítimas do Holocausto a que se referem Primo Levi[55] e Giorgio Agamben.[56] Scliar confere nova configuração à hipótese de narrar o ainda não narrado, quando coloca a autora produzida por sua imaginação desafiando Deus, ao convertê-lo

---

53 SCLIAR, 1999, p. 125.

54 ASSIS, 1960, p. 119.

55 LEVI, 2004.

56 AGAMBEN, 2008.

em "energia geradora" de que nasce o texto, sinônimo da criação ao alcance do ser humano.

Encetado o trabalho, a autora avança, sendo seus passos motivados por sua fantasia, e não pela convenção, e até com muita rapidez, o que nem sempre a satisfaz:

> Tendo dado início à tarefa, eu agora iria em frente. "Deus disse, faça-se a luz, e a luz se fez." Ótimo, já tínhamos luz – e trevas também, porque não há luminosidade sem escuridão, sem sombra. Nos parágrafos seguintes foram criadas as plantas, e as estrelas, os peixes e os pássaros... Tudo muito rápido, o que de um lado era bom – eu estava progredindo com velocidade apreciável – mas de outro não me agradava muito. Eu gostaria de mais detalhes. [...] Mas, convenhamos: aí já estaríamos mais para gabinete de curiosidades do que para texto sagrado. A síntese era essencial para impor respeito.[57]

Sem dispor de "todo o tempo do mundo" e diante da "magnitude da tarefa", decide "andar ligeiro": "Resumi a criação a seis dias, incluindo um sétimo para repouso, deixando bem claro que naquele caso a pressa não fora inimiga da perfeição".[58]

De modo que a atitude sacrílega, ainda que matizada em alguns trechos, é mantida. É no episódio dedicado a Adão e Eva que se escancara o comportamento pouco protocolar, e nesse ponto Ma-

---

[57] SCLIAR, 1999, p. 125-126.

[58] SCLIAR, 1999, p. 126.

chado de Assis, em *Memórias póstumas de Brás Cubas*, pode ter sido a referência que Scliar invoca.

4 "O velho diálogo de Adão e Eva"

É no segundo capítulo de *Gênesis* que a Bíblia hebraica narra a criação do homem e da mulher. Após ter concluído a obra e descansado no sétimo dia, Deus decide dar existência ao homem, formado "do pó da terra", em cujas narinas sopra "o fôlego da vida", colocando-o em um "jardim no Éden", local aprazível porque ocupado por "todo tipo de árvores agradáveis aos olhos e boas para alimentos".[59]

Também nesse jardim encontra-se "a árvore da vida e a árvore do conhecimento do bem e do mal."[60] Constatando que "não é bom que o homem esteja só",[61] Deus incumbe-o de designar "todos os seres viventes";[62] ele executa a tarefa, dando "nome a todos os animais domésticos, às aves dos céus e a todos os animais selváticos".[63] "Para o homem, todavia, não se achava uma auxiliadora que lhe fosse idônea",[64] de modo que a divindade opta por outra solução: extrai uma de suas costelas, fechando "o lugar com car-

59 Gn 2:7.
60 Gn 2:8.
61 Gn 2:8.
62 Gn 2:19.
63 Gn 2:20.
64 Gn 2:20.

ne",[65] a que transforma "numa mulher",[66] apresentada ao parceiro e reconhecida por esse como "osso dos meus ossos e carne da minha carne".[67]

A rotina do casal prossegue sem problemas, até se apresentar a tentação sob a forma da serpente, que os faz comer o fruto da árvore situada no meio do jardim. A desobediência custa caro, pois a mulher é penalizada com os trabalhos de parto e a dominação masculina, e o homem, com os esforços decorrentes da busca de alimento: "no suor do rosto comerás o teu pão, até que tornes à terra, pois dela foste formado; porque tu és pó e ao pó tornarás."[68] Para completar o castigo, Deus os expulsa do jardim do Éden.

O episódio da criação do homem e da mulher, com seus desdobramentos, incluindo a perda do local paradisíaco em que viviam, ocupa apenas dois capítulos do primeiro livro do Pentateuco, pois o quarto capítulo dá conta do conflito entre Caim e Abel. Contudo, poucos episódios renderam tanto na literatura ocidental. Desde livros apócrifos na Antiguidade até, neste caso, *A mulher que escreveu a Bíblia*, Adão e Eva, o nome que cada um deles recebe no versículo 20, do capítulo 2, protagonizaram, no que diz respeito ao campo literário, tanto solenes epopeias, como *O paraíso perdido*, de John Milton, quanto paródias, como os diários de Adão e Eva, imaginados por Mark Twain, colocando-se entre esses dois

---

[65] Gn 2:21.

[66] Gn 2:21.

[67] Gn 2:23.

[68] Gn 3:19.

limites peças dramáticas, como o medieval *Le jeu d'Adam*, contos, como "Adão e Eva no paraíso", de Eça de Queirós, e "Adão e Eva", de Machado de Assis, bem como romances, como *Adão e Eva*, de Tânia Jamardo Faillace, ou *Caim*, de José Saramago.

Em *Memórias póstumas de Brás Cubas*, Machado de Assis explora, no capítulo LV, intitulado "O velho diálogo de Adão e Eva", o lado erótico da situação vivida pelo casal primordial. Empregando apenas sinais de pontuação – reticências, pontos de interrogação e de exclamação –, o narrador traduz a alta voltagem em que transcorre o *affaire* entre os amantes Brás e Virgília. Trata-se de um adultério sem culpa, mas não sem medo, já que o par teme ser flagrado em seus amores secretos. Porém, não os aflige o fato de contrariarem normas sociais, padrões morais ou regras de conduta. Mesmo a gravidez indesejada de Virgília não provoca temor ou remorsos em Brás Cubas, e a perda da criança é vista antes com alívio pela esposa de Lobo Neves do que propriamente como algum tipo de punição.[69]

Scliar explora o veio aberto por Machado, expondo-o desde a perspectiva da narradora escolhida. Após relatar a separação entre o céu e a terra, ela se depara com questão mais árida, "a criação do primeiro homem e da primeira mulher".[70] Avalia como "monótona" a proposta de seus predecessores, os anciãos contratados pelo rei, optando por abandoná-la e "deixar [s]eu instinto falar".[71]

[69] ZILBERMAN, 2017, p. 14-34; ZILBERMAN, 2012, p. 163-184.

[70] SCLIAR, 1999, p. 126.

[71] SCLIAR, 1999, p. 127.

Reconhece igualmente o que julga serem os "equívocos" da narrativa dos anciãos, quando esses colocam a criação do homem em primeiro lugar ou quando apresentam a "história da costela", que lhe parece "tola" e até ofensiva, "considerando a modéstia dessa peça anatômica".[72]

Por isso, oferece sua versão dos acontecimentos, destacando primeiramente que, "criados, o primeiro homem e a primeira mulher enamoram-se loucamente um do outro, e aí transformam o Éden num cenário de arrebatadora paixão".[73] Segundo a mulher, "o encontro dos dois era uma espécie de Big-Bang do sexo, muito Big e muito Bang", com a particularidade de ser objeto do "olhar benévolo de Deus."[74] Por isso, "na minha versão, não os expulsava do Paraíso; ao contrário, encorajava-os: agora que descobristes o amor, podeis enfrentar a vida como ela é, a vida cheia de som e de fúria".[75]

A narração transgressora, porém, é recusada pelos anciãos, que a vetam e obrigam a mulher, transformada, de autora, em mera redatora do texto, a seguir a pauta da tradição e da convenção masculina: "Assim, me vi, no dia seguinte, escrevendo a história tal como eles queriam. A mulher sendo fabricada a partir de uma costela de Adão. A mulher dando ouvidos à serpente. A mulher

72 SCLIAR, 1999, p. 127.

73 SCLIAR, 1999, p. 127.

74 SCLIAR, 1999, p. 127.

75 SCLIAR, 1999, p. 127.

provando do fruto da Árvore do Bem e do Mal. Em suma: a mulher cagando tudo".[76] E engolindo as incoerências da história:

> E aí vinha aquela história do Caim e do Abel, os dois filhos do casal (dois filhos: nenhuma filha. Ou seja, não teriam chance de se reproduzir, nem por incesto). O Abel pastor (de ovelhas, não de cabras), o Caim agricultor; os dois brigam, em vez de optar por um empreendimento agropastoril conjunto, o que seria mais lógico e rendoso. Deus recusa, por alguma razão que só ele e os anciãos sabiam, as oferendas de Caim. Ciúmes – e crime. Estava inaugurada a sangueira.[77]

Ao encolhimento do papel da autora corresponde a criminalização da mulher na história bíblica. À sua participação relaciona-se boa parte dos castigos e punições experimentados por indivíduos, famílias ou grupos humanos. A culpa atravessa o texto, porque fora perdido o momento mágico dos inícios, assinalado pela presença do erotismo e da sexualidade. Os narradores póstumos de Machado de Assis e de Scliar identificam com propriedade a situação idílica associada à plenitude do sexo e sua perda, a ruptura decorrente da imposição de alguma norma, o que os joga para o âmbito da infração e da inconvencionalidade.

[76] SCLIAR, 1999, p. 138.

[77] SCLIAR, 1999, p. 138.

5 “Dois encontros”

A três capítulos do fechamento de suas memórias, Brás Cubas relembra os encontros terminais com duas das mulheres mais marcantes de sua vida sentimental: Eugênia, com quem se depara em um cortiço carioca, onde leva existência paupérrima, e Marcela, agora “feia, magra, decrépita”.[78] No capítulo seguinte, o penúltimo, Brás narra a morte de Quincas Borba, amigo desde a infância e companhia na velhice, selando sua solidão terminal. Nada mais melancólico que o final do romance de Machado de Assis, justificando as negativas que sumariam as palavras derradeiras do narrador.

A mulher que escreveu a Bíblia não se encerra de modo melancólico: embora um incêndio destrua a obra redigida pela narradora, ação que consumira boa parte de sua energia ao longo da trama ficcional, a protagonista tem enfim sua noite de amor com Salomão, a quem abandona logo a seguir, pois decide procurar o pastorzinho por quem era apaixonada antes de ser levada a Jerusalém. Seu destino coincide com o da presumida autora do relato motivado pela regressão a uma vida passada, que opta por largar a terapia e acompanhar o empregado de seu pai, por quem estivera originalmente enamorada.

O cotejo entre os términos de *Memórias póstumas de Brás Cubas* e de *A mulher que escreveu a Bíblia* sugere que o encontro que aproxima os dois romances é tão incidental quanto o que leva

---

78 ASSIS, 1960, p. 302.

Brás Cubas a rever, em um mesmo dia, duas de suas antigas paixões. Não pertence ao projeto de *A mulher que escreveu* proceder a uma paródia, plágio ou apropriação do romance de Machado de Assis, que, por sua vez, contrariando a voz do protagonista, teve, sim, herdeiros, de que é exemplo o modernista *Memórias sentimentais de João Miramar*, de Oswald de Andrade. Contudo, traços das *Memórias póstumas de Brás Cubras* são discerníveis em *A mulher que escreveu a Bíblia*, como se se tratasse de uma recordação involuntária, que, de algum modo, pressiona o imaginário de Moacyr Scliar.

São esses traços que se procurou identificar aqui. Por sua vez, eles iluminam não apenas aspectos da obra de Scliar, mas, em uma espécie de ricochete, repercutem sobre o romance de Machado de Assis. É o que Pierre Bayard chama de "plágio por antecipação",[79] noção a partir da qual ele analisa em que medida, por exemplo, Sófocles, em *Édipo rei*, teria plagiado a Sigmund Freud, e Voltaire, em *Zadig*, a Arthur Conan Doyle. Reconhece-se, na proposta de Bayard, o tema abordado por Jorge Luis Borges em "Kafka e seus precursores", que examina textos de autores como Søren Kierkegaard e Leon Bloy, apontando neles elementos da escrita e de personagens encontráveis na obra do escritor tcheco. Em cada um deles está "a idiossincrasia de Kafka em grau maior ou menor"; mas o fato mais importante, comenta Borges, é que "se Kafka não tivesse escrito, não a perceberíamos; vale dizer, não existiria."[80]

---

[79] BAYARD, 2009, tradução nossa.g

[80] BORGES, 1989, p. 88, tradução nossa.

O ensaísta argentino não está interessado em retomar a tese das influências, mas em questionar a perspectiva continuísta da história da literatura. Por isso, não lhe apetece localizar antepassados dos artistas contemporâneos, nem seus possíveis sucessores. Seu objetivo é mostrar que o tempo, no campo literário, faz-se e refaz-se a cada momento, já que, como "cada escritor *cria* seus precursores", "seu labor modifica nossa concepção de passado, como há de modificar o futuro".[81]

Pierre Bayard visa igualmente afastar-se da noção tradicional de história da literatura, acentuando, tal como Borges, que

> um grande escritor não se contenta em interferir com tal ou qual de seus predecessores que se revela então tê-lo influenciado. Ele modifica também, perturbando-as por sua lógica singular, o conjunto de linhas de força da história literária anterior, que aparecem então, por este jogo de reconstrução imaginária que é toda leitura viva, como devendo irresistivelmente conduzir à sua presença.[82]

Por sua vez, ao propor a quase surrealista teoria do "plágio por antecipação", Bayard parece ter em vista não apenas questionar a noção de influência, como destacar a importância do olhar do leitor sobre o passado, quando dispõe de um repertório constituído pelas leituras do presente. Assim, ao alegar que Guy Maupassant, no romance *Fort comme la mort*, de 1889, teria plagiado o Marcel

---

[81] BORGES, 1989, p. 89, grifo do autor.

[82] BAYARD, 2009, p. 66.

Proust da *Recherche*, cujo primeiro volume apareceu em 1913, ele almeja chamar a atenção para as mudanças por que passa o texto do primeiro: "seria ignorar um processo complexo de transformação do texto de Maupassant, o que leva a dizer que este texto, de uma certa maneira, *não existiria antes de Proust*".[83]

Ao contrário de *Fort comme la mort*, obra pouco conhecida de Maupassant, conforme anota Bayard, *Memórias póstumas de Brás Cubas* dispõe, ao lado de herdeiros como o mencionado Oswald de Andrade, de irrestrita aprovação entre críticos e letrados nacionais e estrangeiros. Trata-se de uma tradição póstuma amplamente comprovada, o que justifica a identificação de seus reflexos sobre um romance que também apela para um narrador – no caso, uma narradora – que se manifesta desde o além-túmulo. E que pôde, como se procurou indicar, assombrar os antepassados, fazendo-os outra vez falar e expondo o que, eventualmente, talvez não tivesse se manifestado, não fossem os sucessores. Entre eles, Moacyr Scliar, o homem que não só escreveu a Bíblia, mas que, de certo modo, reescreveu *Memórias póstumas de Brás Cubas*.

[83] BAYARD, 2009, p. 46, grifo do autor.

REFERÊNCIAS

AGAMBEN, Giorgio. *O que resta de Auschwitz*: o arquivo e a testemunha. Trad. Selvino José Assman. São Paulo: Boitempo, 2008.

ANDRADE, Carlos Drummond de. Procura da poesia. In: ______. *A rosa do povo*. *Poesia completa*. Rio de Janeiro: Nova Aguilar, 2002. p. 118.

ASSIS, Machado de. Adão e Eva. In: ______. *Várias histórias*. São Paulo: Mérito, 1959. p. 141-142.

ASSIS, Machado de. *Memórias póstumas de Brás Cubas*. Rio de Janeiro: Instituto Nacional do Livro, 1960.

BARTHES, Roland. A morte do autor. In: ______. *O rumor da língua*. Trad. Mario Laranjeira. São Paulo: Brasiliense, 1988. p. 57-64.

BAYARD, Pierre. *Le plagiat par anticipation*. Paris: Minuit, 2009.

BÍBLIA. Edição revista e corrigida. Trad. João Ferreira de Almeida. Brasília: Sociedade Bíblica do Brasil, 1969.

BLOOM, Harold; ROSENBERG, David. *O livro de J*. Trad. Monique Balbuena. Rio de Janeiro: Imago, 1992.

BORGES, Jorge Luis. Kafka y sus precursores. In: ______. *Otras inquisiciones*. *Obras completas II*. Buenos Aires: Emecé, 1989. p. 88-90.

CASSON, Lionel. *Libraries in the Ancient World*. New Haven and London: Yale University Press, 2002.

LEVI, Primo. *Os afogados e os sobreviventes*: os delitos, os castigos, as penas, as impunidades. Trad. Luiz Sérgio Henriques. Rio de Janeiro: Paz e Terra, 2004.

SCLIAR, Moacyr. *A mulher que escreveu a Bíblia*. São Paulo: Companhia das Letras, 1999.

SCLIAR, Moacyr. *Ciumento de carteirinha*: uma aventura com Dom Casmurro. São Paulo: Ática, 2006.

SCLIAR, Moacyr. *O mistério da casa verde*. São Paulo: Ática, 2000.

ZILBERMAN, Regina. Mais uma vez, "o velho colóquio de Adão e Caim". *Brasil/Brazil*. Revista de Literatura Brasileira/A Journal of Brazilian Literature. Providence: Brown University; Porto Alegre: ALEV, ano 24, n. 44, p. 14-34, 2017.

ZILBERMAN, Regina. *Memórias Póstumas de Brás Cubas* e a oficina de Machado de Assis. In: PETROV, Petar; SOUSA, Pedro Quintino de; SAMARTIM, Roberto López-Iglésias; TORRES FEIJÓ, Elias J. (Ed.). *Avanços em literatura e cultura brasileiras*. Séculos XV a XIX. Santiago de Compostela: Através Editora; Associação Internacional de Lusitanistas, 2012. p. 163-184.

Uma história dos subterrâneos: "A balada do falso Messias", de Moacyr Scliar

Saul Kirschbaum

> *Um movimento que sacudiu a Casa de Israel até seus alicerces mesmos e que revelou não só a vitalidade do povo judeu, como a profunda, perigosa e destrutiva dialética inerente à idéia messiânica [...] a historiografia judaica preferiu, de um modo geral, ignorar o fato de que o povo judeu pagou um preço muito alto pela idéia messiânica.*
>
> Gershom Scholem

> *O primeiro contato com a realidade da sonhada terra da promissão foi duríssimo. Sentiram-se os imigrantes como que esmagados pelo imenso vazio. Decepcionados com o extremo primitivismo dos casebres, contrastando com o relativo conforto das antigas habitações na Rússia.*
>
> Jacques Schweidson

Moacyr Scliar faz convergir, em diversos textos de sua vasta obra, um episódio remoto com outro mais recente da história judaica trazendo-os para a atualidade em forma de paródia. Além dessa estratégia de construção ficcional, o escritor recorre a outras referências esparsas da tradição judaica ou judaico-cristã, devidamente metamorfoseadas, para criar um pano de fundo sobre o qual uma trama é desenvolvida.

Alguns desses textos poderiam, com propriedade, se inscrever numa espécie de história dos subterrâneos do judaísmo. Nela, o episódio remoto revisitado não é exatamente um motivo de orgulho. Merece destaque, no entanto, nas narrativas, a coragem do escritor em abordar temas e situações potencialmente constrangedoras, assumindo posições que lhe renderam críticas exacerbadas. Sua escrita, desse modo, a partir dessa revisitação, faz reverberar preocupações éticas, pois suscita uma reflexão sobre os episódios que são ali encenados. É o caso do conto "A balada do falso Messias", publicado em 1976, na coletânea de mesmo nome.[1]

O episódio remoto do texto alude a um fato ocorrido na Palestina do século XVII e protagonizado por Shabtai Zvi, que foi proclamado Messias por seu "profeta" Natan de Gaza. A região, na época, fazia parte do Império Otomano. A escolha do tema já dá conta da coragem do escritor em abordar, na ficção, esse delicado episódio da história judaica.

Nascido em Esmirna em 1626, a partir de 1665, Shabtai Zvi, alternando períodos de euforia com crises depressivas, empolgou comunidades judaicas de todo o mundo, inclusive na Polônia, na Itália, na Alemanha e na Holanda; mas, também, no Iêmen e no norte da África, com um programa antinômico, já que, como afirmava, a Torá anterior à era messiânica perderia sua validade com a chegada do Messias.[2] De acordo com essa teologia, o Messias viria, assim, consequentemente, para proclamar uma nova Torá.

---

1 SCLIAR, 1976.

2 SCHOLEM, 1995.

Em setembro de 1666, após algum tempo preso em Galípoli, Zvi foi colocado por Mehmed IV, Sultão do Império Otomano, diante de uma ameaça de decapitação. Ele, assim, apostata do judaísmo e converte-se ao Islã. Não obstante, prosseguiu com sua pregação messiânica, no duplo papel de judeu e de muçulmano, até sua morte em 1676. A conversão ao Islã provocou enorme decepção entre seus muitos seguidores no mundo judaico em geral.

Na verdade, um pequeno grupo de descendentes desses seguidores, os *Dönmeh*, mantém-se fiel ao sabataísmo até os dias de hoje, acreditando que a conversão de Zvi foi um estratagema concebido para viabilizar o plano de implementação da era messiânica. São estes os muçulmanos criptojudeus. Presentemente, parece ainda existirem alguns milhares de *dönmeh*, residindo, mormente, na Turquia.

Shabtai Zvi é, sem dúvida, o mais importante dos "falsos messias" que alimentaram as massas judaicas – tantas vezes à beira do desespero – com expectativas grandiosas de redenção por meio da promessa de inauguração da era messiânica. Essas expectativas resultaram em decepções e frustrações igualmente grandiosas, em uma lista que remonta a Simão bar Kokhba, líder da última revolta contra os romanos nos anos 132 a 135, que foi declarado messias por rabi Akiva, passando por David Reubeni, no século XVI, e Jacob Frank, no XVIII, entre tantos outros.

Essa passagem da história judaica foi exaustivamente investigada e analisada por Gershom Scholem em *Sabatai Tzvi*: o Messias místico, publicado no Brasil em 1995.[3] Para Scholem, "[h]á muito tempo que a historiografia judaica carecia sobremodo de uma história pormenorizada do movimento sabataísta, o mais importante movimento messiânico no seio do judaísmo desde a destruição do Segundo Templo".[4]

O episódio recente utilizado por Scliar para estruturar seu conto remete ao grande projeto de colonização iniciado em 1891, quando o Barão Hirsch[5] criou a *Jewish Colonization Association,* ou ICA, provendo-a de fundos para a aquisição de glebas na América. Em boa parte, essa iniciativa foi motivada pela violenta repressão aos judeus na sequência do atentado que resultou no assassinato do Tzar Alexandre II em março de 1881. Os escritores judeus da época se referiram a esses tumultos como "as tempestades do sul". Veja-se, a esse respeito, o comentário de Shmuel Ettinger:

> Ignatyev declared at the beginning of 1882 that "the western border is open to the Jews", *i.e.*, the authorities wanted as many Jews as possible to leave Russia. The true architect of Russian government policy at that time, the Procurator of the Holy Synod (Head of the Ministry in charge of church affairs) Pobedonostsev, is credited with the remark that one-third of

3 SCHOLEM, 1995.

4 SCHOLEM, 1995, p. xiii.

5 Moritz von Hirsch (Maurice de Hirsch) foi um financista e filantropo judeu-alemão que criou fundações de caridade para promover a educação judaica e melhorar a sorte dos judeus europeus.

> Russian Jews would emigrate, one-third die out and the remainder convert to Christianity.[6]

Uma das consequências da intensa repressão antijudaica foi uma maciça emigração de judeus russos para outros países europeus e para os Estados Unidos. A Associação mobilizou os judeus do leste europeu para esse projeto, valendo-se de várias formas de divulgação, tais como prospectos coloridos, lindamente ilustrados.

Como informa o próprio Moacyr Scliar em *Caminhos da esperança*,[7] o projeto de colonização da ICA iniciou-se pelo Canadá e pela Argentina, mas, posteriormente, foi estendido ao Rio Grande do Sul no Brasil. Em 1902, um agrônomo chamado Lapine adquiriu, em nome da ICA, 5.766 hectares de terras em Pinhal, município de Santa Maria. Aí se estabeleceu, em 1904, a primeira colônia judaica do Rio Grande do Sul, a Colônia Philippson. Eram trinta e oito famílias com cerca de trezentas pessoas. Não por mera coincidência, vinham da Bessarábia, região situada entre a Romênia e o Império Russo.

A capital da Bessarábia era então Kishinev, local onde ocorreu, em 1903, um terrível pogrom, tolerado e até incentivado pelas autoridades. A respeito desse episódio, Ettinger esclarece:

> The protests of liberal and radical circles against official anti-Semitism led the authorities to claim that the Russian revo-

---

6 ETTINGER, 1997, p. 884.

7 SCLIAR, 1985, p. 19-20.

> lutionary movement was a Jewish plot, being carried out with the aid of Russia's enemies. Thus the government of Nicholas II chose to fan anti-Semitic sentiment among the masses as a means of creating a political weapon.[8]

De acordo com um relatório oficial, o pogrom resultou em mais de cinquenta pessoas mortas e acima de 500 feridas, enquanto centenas de lares e de lojas judaicas foram saqueadas e destruídas.[9]

Esses acontecimentos deram novo e significativo impulso à emigração judaica, inclusive para as colônias gaúchas da ICA. Cada família, que era alojada em pequenas casas de madeira com teto de zinco, recebia de 25 a 30 hectares de mato e de campo, além de instrumentos de trabalho agrícola, duas juntas de bois, duas vacas, um cavalo, um pouco de mantimentos e de dinheiro, tudo a título de empréstimo – até a primeira colheita.

Com o passar do tempo, o projeto foi ampliado. Em 1909, a ICA adquiriu mais uma gleba, a fazenda Quatro Irmãos, nos atuais municípios de Erechim e Getúlio Vargas, atraindo outras sessenta famílias. Em 1913, mais cento e cinquenta famílias.

Se, por um lado, as colônias continuavam a funcionar como polo de atração de novas levas de imigrantes, por outro, as dificuldades da vida no campo e a percepção de que nas cidades poderiam melhorar de vida e – muito importante – teriam colégio para os

8 ETTINGER, 1997, p. 886.

9 ETTINGER, 1997, p. 886.

filhos que cresciam, provocaram um forte movimento de êxodo, com muitas famílias abandonando as colônias e indo se estabelecer em centros urbanos desenvolvidos, como Santa Maria, Passo Fundo, Erechim, Pelotas, Rio Grande, Uruguaiana e Porto Alegre, para se dedicarem, principalmente, ao comércio.

Todos esses aspectos da grande aventura do estabelecimento de judeus do leste europeu na vida rural do Rio Grande do Sul estão presentes em "A balada do falso Messias", devidamente ficcionalizados.

A aproximação de episódios afastados no tempo permite ao escritor estabelecer entre eles uma espécie de continuidade e favorece a busca de semelhanças e de diferenças.

Para Scholem, o sabataísmo pode ser caracterizado como um movimento religioso com raízes na expulsão dos judeus da Espanha em 1492, que, entre outras consequências, levou à elaboração do cabalismo luriânico, em Sfat.[10] No conto, esse vínculo transparece na exortação de Shabtai Zvi à comunidade após o episódio da chuva de granizo:

> — Devemos abandonar tudo: as casas; as lavouras; a escola; a sinagoga; construiremos, nós mesmos, um navio – o casco com a madeira de nossas casas, as velas com os nossos xales de oração. Atravessaremos o mar. Chegaremos à Palestina, a Eretz

10 Isaac Luria Ashkenazi viveu de 1534 a 1572 (SCHOLEM, 1995, p. 24).

> Israel; e lá, na santa e antiga cidade de Sfat, construiremos um grande templo.[11]

Não obstante, há quem associe a eclosão do sabataísmo à catástrofe que se abateu sobre as comunidades judaicas na Ucrânia, na Lituânia e na Polônia nos anos de 1648 e 1649, o grande massacre de judeus pelos cossacos liderados pelo *hetman*[12] Bogdan Khmelnitsky, explicação que o próprio Scholem julgava simplista. Sem dúvida, a enorme disseminação do movimento messiânico na Polônia foi grandemente facilitada por aqueles acontecimentos. Similarmente, por sua vez, a migração de judeus do leste europeu para o Rio Grande do Sul foi também estimulada pelos pogroms de Kishinev em 1903.

De outro ponto de vista, os dois empreendimentos terminaram em tom negativo. A decepção com o projeto de colonização não é comparável à enorme frustração resultante da aventura messiânica de Shabtai Zvi, afinal, ainda hoje, judeus oriundos das colônias da ICA exercem atividades rurais no noroeste do Rio Grande do Sul e em ramificações no Paraná e no Mato Grosso do Sul, enquanto Zvi foi quase completamente apagado da memória coletiva judaica.

Na versão de Scliar, Shabtai Zvi e Natan de Gaza, ainda vivos depois de mais de dois séculos, acompanham, em 1906, judeus rus-

---

[11] SCHOLEM, 1995, p. 1.

[12] Título do segundo mais alto comandante militar (depois do monarca) usado do século XV ao XVII na Polônia e no Grão-Ducado da Lituânia.

sos a caminho das colônias agrícolas criadas pelo Barão Hirsch (que, no conto, passa a ser Barão Franck). A trajetória do "falso Messias" é recontada em meio a várias menções a outros tantos episódios da tradição judaica e judaico-cristã, principalmente, da vida de Jesus Cristo.

Scliar trata os temas abordados com grande humor, fazendo amplo uso de ironia, de paródia e de inversões para obter os efeitos desejados, num elaborado exercício de sátira social. Assim, por exemplo, parodiando a passagem em que Jesus, no início de sua carreira, transforma água em vinho (conforme "Bodas em Caná", *Evangelho Segundo São de João*, capítulo 2), Shabtai Zvi termina seus dias na mesa de um bar, na companhia do narrador, um dos colonos ainda vivo. A ação do conto ocorre em 1906. Nesse contexto, Zvi transforma, como uma inversão do episódio bíblico, vinho em água:

> Desde a morte de Sarita, Shabtai Zvi e eu costumamos nos encontrar num bar para tomar vinho. E ali ficamos toda a noite. Ele fala pouco e eu também; ele serve o vinho e bebemos em silêncio. Perto da meia-noite ele fecha os olhos, estende as mãos sobre o copo e murmura palavras em hebraico (ou em aramaico, ou em ladino). O vinho se transforma em água. O dono do bar acha que é apenas um truque. Quanto a mim, tenho minhas dúvidas.[13]

[13] SCLIAR, 1976, p. 19.

Ainda aludindo à vida de Jesus, ao episódio incluído no capítulo 14 do *Evangelho Segundo São de Mateus*, em que Jesus anda sobre o mar da Galileia, o narrador comenta que "quem conhece o poder dos nomes pode andar sobre a água sem molhar os pés".[14]

A referência de Scliar ao "poder dos nomes (os nomes podem esconjurar demônios; e isto sem falar da força do nome secreto, inefável e impronunciável de Deus)",[15] por sua vez, remete a outro "porão do judaísmo", ou seja, à proliferação, na Polônia do início do século XVIII, dos *baalei shem*, em hebraico, "senhores do nome", milagreiros que, alegando conhecer o nome inefável da divindade, iam de *shtetl*[16] em *shtetl* e se propunham a curar com amuletos e feitiços, consequência direta da imensa desilusão das massas judaicas na sequência da aventura sabataísta, que, mergulhadas nas trevas da ignorância, se deixavam seduzir pelo misticismo mais barato.[17]

Bogdan Khmelnitsky, o líder dos cossacos na Ucrânia do século XVII, em sua revolta contra o domínio polonês e as correspondentes ações violentas contra os judeus, retorna, no conto, metamorfoseado, em Chico Diabo. Essa é uma provável referência a José Francisco Lacerda, um dos militares brasileiros que lutou

---

[14] SCLIAR, 1976, p. 14.

[15] SCLIAR, 1976, p. 14.

[16] Segundo Jacó Guinsburg, "cidadezinha, aldeia em ídiche. Designa especificamente os pequenos aglomerados urbanos em que, durante um largo período, viveram os judeus da Europa Oriental". (GUINSBURG, 1966, p. 479)

[17] Cf. JOHNSON, 1988, p. 295; ETTINGER, 1997, p. 768.

na Guerra do Paraguai e ficou famoso por ter matado o ditador paraguaio Francisco Solano López, na batalha de Cerro Corá. No conto, assim descreve o narrador: "É então que surge em Barão Frank o bandido Chico Diabo. Vem da fronteira com seus ferozes sequazes. Fugindo dos 'Abas Largas', esconde-se perto da colônia. E rouba, e destrói, e debocha."[18]

Até mesmo as pragas do Egito se repetem, agora para prejudicar e punir os judeus. Na mesma época em que esses são assolados por Chico Diabo, cai uma chuva de granizo que arrasa as plantações de trigo e é interpretada publicamente por Zvi como castigo divino. De todo modo, a situação é instrumentalizada por Shabtai e Natan para convencer os colonos judeus da necessidade de abandonar tudo, migrar para a Palestina e construir um grande templo em Sfat, com isso inaugurando a era messiânica.

Ao parodiar a recusa de Jesus em apoiar qualquer rebelião contra os romanos, pois seu reino estaria nos céus, Zvi opõe-se às propostas de que os colonos deveriam enfrentar os bandidos de Chico Diabo: "Alguns falavam em enfrentar os bandidos. Shabtai Zvi não aprovava a idéia. — 'Nosso reino está além mar. E Deus vela por nós. Ele providenciará'."[19]

Por fim, assim como Jesus, Zvi acaba por enfrentar o diabo cara a cara e o derrota.[20] No relato de Natan de Gaza:

---

[18] SCLIAR, 1976, p. 14.

[19] SCLIAR, 1976, p. 15.

[20] SCLIAR, 1976, p. 18.

— Quando chegamos lá – contou – encontramos Chico Diabo deitado no chão. Perto dele, um curandeiro fazia mandingas. Shabtai Zvi sentou perto do bandido. Não disse nada, não fez nada, não tocou no homem – só ficou olhando. Chico Diabo levantou a cabeça, olhou para Shabtai Zvi, deu um grito e morreu.[21]

Note-se que, fiel a sua pregação antinômica, Zvi viola o *shabat* – o que é permitido quando se trata de salvar vidas – mas nunca, na verdade, para matar um inimigo.

No conto de Scliar, esse episódio é a principal causa do êxodo dos colonos, primeiro para Erexim, instados por Natan de Gaza, e depois para Porto Alegre, liderados por Leib Rubin, chefe da comunidade, que se estabelece com uma loja de fazendas, depois investe em imóveis e, por fim, abre uma financeira, reunindo grande fortuna. É acompanhado, alguns dias depois de sua mudança, pelo próprio Shabtai Zvi que, como bom genro judeu – ele havia casado com Sarita, filha adotiva de Rubin – vai se empregar em uma de suas empresas.

Natan, como o Natan de Gaza histórico após a morte de Shabtai Zvi, desaparece sem deixar traços.

Cabe observar que a comicidade do conto – como em tantas obras de Moacyr Scliar – é, em boa parte, derivada da decifração das alusões espalhadas no texto. Mas, essa decifração, de forma ne-

---

21 SCLIAR, 1976, p. 18.

nhuma é necessária para o entendimento da trama, que se sustenta por si mesma. O autor evita, assim, que o conto se reduza a um *roman à clé*, que excluiria leitores menos familiarizados com o judaísmo.

A descrição oferecida por Scliar do estabelecimento de colônias judaicas no sul do Brasil é corroborada por Bila Sorj em "'Normalizando' o povo judeu: a experiência da *Jewish Colonization Association* no Brasil".[22] Nesse artigo, a socióloga destaca a importância que assumia, desde a segunda metade do século XIX, a normalização, ou seja, a necessidade de que a pirâmide ocupacional do povo judeu europeu adquirisse um formato "normal", com um proletariado na base e o vértice ocupado pelos grandes detentores de capital. No projeto da ICA, a normalização seria atingida por intermédio de um processo de regeneração física e moral dos judeus russos, tendo como principal instrumento a atividade agrícola, o retorno ao trabalho braçal, a lida com a terra.

De fato, devemos reconhecer que a colonização do noroeste do Rio Grande do Sul por judeus russos não contribuiu muito para a almejada normalização dos judeus. Os colonos, em sua grande maioria, se tornaram empreendedores, comerciantes, e seus descendentes são empresários, profissionais liberais, todos na região superior da pirâmide ocupacional judaica brasileira, que continua a não ter uma base proletária. Sobraram, no entanto, histórias de adaptação a um árduo estilo de vida ao qual não estavam habituados.

---

22 SORJ, 1997, p. 87-102.

Segundo Gershom Scholem, "a historiografia judaica preferiu, de um modo geral, ignorar o fato de que o povo judeu pagou um preço muito alto pela idéia messiânica".[23] Narrativas ficcionais instigantes como essa "balada do falso Messias" nos faz pensar que seria muito bom que o surgimento de novos messias deixasse de ser uma necessidade recorrente entre os judeus.

REFERÊNCIAS

BÍBLIA de Jerusalém. Vários tradutores. São Paulo: Paulinas, 1985.

ETTINGER, Shmuel. The Modern Period. In: BEN-SASSON, H. H. *A History of the Jewish people*. Trad. George Weidenfeld and Nicolson. Cambridge: Harvard University Press, 1997. p. 727-1096.

GARTENBERG, Alfredo. *Jacob Frank, o Messias da sarjeta*. Rio de Janeiro: Tip Edit, 1980.

GUINSBURG, Jacó (Org.). *O conto ídiche*. São Paulo: Perspectiva, 1966.

JOHNSON, Paul. *A History of the Jews*. New York: Harper Perennial, 1988.

SCHOLEM, Gershom. *Sabatai Tzvi:* o Messias místico. Trad. Attílio Cancian, Ari Sólon e Jacó Guinsburg. São Paulo: Perspectiva/Associação Universitária de Cultura Judaica, 1995.

SCHWEIDSON, Jacques. *Judeus de bombachas e chimarrão*. Rio de Janeiro: José Olympio, 1985.

[23] SCHOLEM, 1995, p. XVII.

SCLIAR, Moacyr. A balada do falso Messias. In:______. *A balada do falso Messias*. São Paulo: Ática, 1976. p. 11-19.

SCLIAR, Moacyr. *Caminhos da esperança*. Porto Alegre: Instituto Cultural Judaico Marc Chagall, 1985.

SORJ, Bila. 'Normalizando' o povo judeu: a experiência da *Jewish Colonization Association* no Brasil. In: SORJ, Bila (Org.). *Identidades judaicas no Brasil contemporâneo*. Rio de Janeiro: Imago Editora, 1997.

Um grânulo de poeira cósmica: entre imigrantes e indígenas em *A Majestade do Xingu*

Stefania Chiarelli

Em sua autobiografia, Moacyr Scliar relata que durante algum tempo teve curiosidade acerca do seu nome de família: "Que não é misterioso: vem do russo e quer dizer vidraceiro [...] Mas Scliar não era o sobrenome do meu avô, e sim Soibelman. Ele o mudou, sabe-se lá por que razões. Sobrenome, para aquelas pessoas, não representava um patrimônio".[1]

Patrimônio, heranças, bens. Transmitir o nome não representaria um valor em si, segundo o relato do escritor. Hoje, não parece difícil imaginar que a rasura do nome de família mostra que mudar de identificação equivale a sobreviver. À semelhança de tantas outras, de um nome tipicamente judeu, a família Scliar migra para um nome russo. O avô do escritor altera o sobrenome Soibelman para Scliar, escapando de uma marca significativa que

[1] SCLIAR, 2017, p. 28.

acarretava a exclusão e, no limite, o próprio extermínio. Um patrimônio, portanto, que se devia mesmo deixar para trás.

O tópico do esquecimento e da memória comparece a todo momento na história da imigração. Mudar de nome, mudar de país, mudar de língua. Traduzir-se. Esquecer um passado de sofrimentos e de perseguição. Não falar a língua, não reavivar o sofrimento, reativar uma tradição que se quer ou se deve esquecer. Para completar a narrativa da origem, o escritor lembra, ainda, que a mãe escolhe chamá-lo de Moacyr em homenagem a José de Alencar. Um nome brasileiro, indígena. Algo que se pode ler como o desejo de inscrever-se de modo definitivo na cultura do novo lugar. Ou seja: trata-se de um escritor com prenome indígena e sobrenome judeu transmutado em russo. Um sincretismo muito comum, se pensarmos em um país que recebeu inúmeros imigrantes e que tornou estrangeiros – por força do extermínio e da violência simbólica – seus habitantes originais, os índios. Da dialética entre estranheza e familiaridade, começam essas histórias, e *A Majestade do Xingu* produz um amálgama dessas referências étnicas: imigrantes judeus e indígenas. Sobre esse romance, faço algumas reflexões adiante.

1 A chegada

"Você era um estranho e o Brasil o acolheu". A inscrição, em vários idiomas, aparecia logo no cais da Hospedaria da Ilha das Flores,[2] resumindo o discurso oficial do Estado brasileiro para aqueles que chegavam ao país no final do século XIX. O lugar serviu, nos anos 1930, para receber prisioneiros da Revolução Comunista e, no pós-1964, de presídio para opositores do Governo Militar. Espaço, portanto, em que circularam estrangeiros, prisioneiros e perseguidos políticos e onde se superpõem muitas camadas de significação. Uma complexa teia simbólica a nos lembrar do estrangeiro como figura sem lugar, deslocada, inclassificável: um sujeito que habita um lugar bastardo,[3] ao nomear o "embaraço" que a figura do imigrante suscita.

Mais de cem anos se passaram, muitos fizeram a América, outros nem tanto. Hoje – tempo de dramáticos questionamentos identitários, de muros e de fronteiras rígidas a separar o "eu" e o "outro", em que nacionalismos exacerbados problematizam a noção de alteridade – vale a pena se deter sobre escolhas lexicais, que nada têm de ingênuas. Você era um estranho e o Brasil o acolheu. O endereçamento a um suposto "você", dessa frase, aproxima o viajante sem, no entanto, deixar de lembrá-lo de sua estranheza. Tal condição, aparentemente, ficará circunscrita a um passado,

2 Primeira instituição oficial para recepção de imigrantes criada pelo governo imperial. Funcionou de 1883 até 1966 em São Gonçalo (RJ) e recebeu milhares de pessoas de diversas etnias.

3 SAYAD, 1998.

tempo a ser soterrado na memória daquele que empreende uma jornada iniciática em um novo lugar. Logo, o Brasil pode ser visto como pátria a redimir trajetórias extraviadas. Acolher, abrigar, proteger: o gesto é redentor e generoso, mas também é um alerta: sempre que alguém recebe uma ajuda, este se torna um pouco devedor. Os protagonistas dessas histórias se debatem entre favor e generosidade, estranheza e familiaridade. Estrangeiros, viajantes, imigrantes: agradeçam. O passado termina no limiar simbólico do cais e o futuro se chama Brasil. Essa paradoxal narrativa compõe o discurso identitário nacional.

"Não se pode escrever inocentemente sobre a imigração e sobre os imigrantes; sem se perguntar o que significa escrever sobre esse objeto, ou, o que é o mesmo, sem interrogar-se acerca do estatuto social e científico desse mesmo objeto"[4], sustenta Abdelmalek Sayad, sociólogo argelino radicado na França. Portanto, é no quadro de uma premissa que propõe o diálogo interdisciplinar que sustento esta leitura, partindo do pressuposto de que a análise literária não poderá prescindir de uma contribuição de outros campos do saber, como o da sociologia.

A ruptura com um país e com uma cultura, inúmeras vezes, deixa marcas indeléveis na memória afetiva do ser humano. Sobretudo se esse corte se dá de modo não voluntário, motivado por questões políticas, econômicas e sociais – como é o caso da maior parte dos estrangeiros chegados ao Brasil. Semelhantemente, é sabido que

4 SAYAD, 1998, p. 21.

fugir da guerra, da fome e da miséria em busca de novas e melhores oportunidades foi o motor principal da imigração para o país. Cerca de 5 milhões de europeus, levantinos e asiáticos entraram no território brasileiro entre 1850 e 1950.[5] Note-se a presença de um evidente antagonismo entre os fazendeiros e a classe política no que se refere à questão imigrantista. De acordo com esse ponto de vista, os primeiros buscavam angariar proletários de qualquer parte do mundo e de qualquer etnia para substituir os escravos nas fazendas. Já a segunda tentava fazer da imigração um instrumento de "civilização" do país.

De modo geral, é possível afirmar que se tratava de indivíduos mantidos em condições precárias, transportados em porões de navio durante longas viagens em que a doença, a fome e a morte eram companheiras constantes. O convívio inicial entre indivíduos de culturas distintas – e até mesmo de regiões diferentes do mesmo país – nem sempre era fácil, revelando, já na travessia de navio, as primeiras dificuldades em relação às diferenças entre os próprios imigrantes.

Eles cruzavam o oceano ilustrando, quase sempre, o velho bordão de "fazer a América". Muitos deles foram iludidos por agenciadores e por exploradores com a promessa de terras que se revelaria, na maioria das vezes, ilusória. Na busca por trabalho, os estrangeiros terminaram por constatar que seriam, na verdade, mão de obra substituta do trabalho escravo, recém-extinto. Tornavam-se,

[5] ALENCASTRO; RENAUX, 1997, p. 314.

dessa forma, partícipes do projeto de miscigenação e de branqueamento da população brasileira, inúmeras vezes considerada incapacitada para o trabalho árduo.

2 A literatura

É certo que nesse emaranhado entram outros e complexos ingredientes. Tensões, preconceitos e disputas fazem parte do nó forjado para construir os relatos da nação. Vale pensar, portanto, em como a arte responde a essas questões. Mais especificamente, como a literatura brasileira busca plasmar essa condição. Certas narrativas lembram a importância de se evitar a armadilha de uma perspectiva essencialista da identidade brasileira, apoiada em imagem pouco plural: elas auxiliam a desnaturalizar o mito edênico, ao insistir no fato de que não é possível apagar as marcas da violência na realidade do imigrante. A ausência de um projeto homogêneo de nação é problematizada inúmeras vezes em nossa prosa de ficção, que aponta para a persistência de desigualdades maquiadas sob o discurso da tolerância.

A partir dessa interrogação a respeito dos moldes identitários nacionais, é possível pensar que diversos escritores contribuem, por meio de suas obras, para problematizar a ideia de unidade e da pretensa cordialidade brasileira. Ao analisar formas de representação do imigrante em nossa literatura, de maneira geral, duas tendências podem ser constatadas: de um lado, observa-se o predomínio da perspectiva histórica, em obras que recompõem trechos da colonização, como o clássico *Canaã*, de Graça Aranha (1902), história dos imigrantes alemães Milkau e Lentz, em uma pequena cidade do Espírito Santo, onde enfrentam dificuldades de adaptação à nova terra. Documento social, esse romance mostra o confronto entre visões de mundo antagônicas e a violência do preconceito racial, assim como *A ferro e fogo*: tempo de solidão (1972), de Josué Guimarães. Esses relatos pretendem dar conta das agruras da vida colonial, narrando a epopeia dos primeiros imigrantes para iniciar uma nova vida em terra estranha. Identificam-se com a dicção grandiosa, apropriada para expor em minúcias a jornada empreendida pelos estrangeiros no país. O centro do interesse vai residir nos feitos extraordinários e na resistência dos imigrantes e em sua luta pelo espaço e pela terra. Essa forma de lidar com a experiência da imigração opera na clave do épico, na qual se fazem presentes personagens heroicos, protagonizando histórias de feitos extraordinários, aventuras e conquistas. Lidam com uma tradição e com o desejo de recuperá-la pela narrativa.[6]

Por outro lado, surgem obras que focalizam aspectos do âmbito privado da vida do imigrante, focalizando um quadro íntimo da vida de personagens marcados pela diferença cultural. Em vez da visada coletiva, encontra-se uma história pessoal da imigração, como se pode averiguar em *Contos do imigrante* (1956), de Samuel Rawet, *Relato de um certo Oriente* (1989), de Milton Hatoum e *Amrik*, de Ana Miranda (1997), para ficar em apenas alguns exemplos. Essa é a tônica geral dessas obras. São relatos de

6 HALL, 1999, p. 34.

conquistas no âmbito do cotidiano, da família, da religião em um país periférico repleto de assimetrias. Indivíduos pertencentes a uma tradição dilacerada, impossível de ser recomposta, porque irremediavelmente perdida, os personagens vão percorrendo, na possibilidade da narrativa, espaços íntimos, pequenos dramas, em cotidianos que espelham a vivência do estrangeiro procurando se equilibrar nessa tênue linha entre culturas e linguagens distintas. Não há heróis, pelo menos não aqueles dos antigos moldes, ou seja, seus feitos são estratégias para operar os códigos de outra cultura a contento.

Nessa visada, situa-se a escrita de Moacyr Scliar, que relata, em sua obra, maneiras pelas quais o imigrante judeu vai se adaptar, ou não, à sociedade brasileira. Algumas vezes sendo assimilado, outras, alterando, significativamente, a paisagem a seu redor. Vale ressaltar que a maneira de cada autor lidar com a questão da imigração pode ser indissociável de sua própria trajetória pessoal: alguns vivenciaram diretamente essa experiência, outros tiveram contato com o tema, sobretudo, por meio de relatos da geração que lhes precedeu e da própria comunidade em que se inseriram.

3 Um modo pessoal de lidar com a questão

Moacyr Scliar estreia na literatura com a publicação de *O carnaval dos animais* (1968), coletânea de contos influenciada, segundo seu próprio depoimento, pelo realismo mágico latino-americano. Com certa de oitenta livros, o escritor passeia por diversos gêneros literários: do conto ao romance, da crônica ao ensaio. Sua obra, muitas vezes, analisa as heranças e tradições judaicas a partir de variações sobre o fantástico, como em *O centauro no jardim* (1980), romance em que explora a relação entre o judaísmo e o isolamento por intermédio de Guedali – nascido metade homem, metade cavalo. Outras vozes surgem durante a narrativa, elaborando a metáfora que aproxima esse ser híbrido à sua condição judaica.

Em *A Majestade do Xingu* (1997), o escritor realiza o cruzamento de duas importantes facetas de sua vida: a literatura e a medicina. Na trama, relata-se a trajetória de dois jovens judeus russos emigrados no mesmo navio para o Brasil: o primeiro, Noel Nutels, médico que se dedicou à causa dos índios na região do Xingu – conhecido sanitarista que de fato viveu no país desde a década de 1920. O segundo personagem, puramente ficcional, proprietário de uma lojinha no bairro do Bom Retiro, na cidade de São Paulo, é o responsável por relatar a história.

Nutels, judeu tal qual Scliar, compartilha com o escritor o trabalho em saúde pública no Brasil. O ofício da Medicina era fundamental a Scliar. Ele chegou a afirmar: "Sou escritor porque as pessoas me chamam de escritor. Mas quando preencho a ficha de inscrição nos hotéis, no lugar reservado à profissão escrevo *médico*".[7]

Na ficção, apesar do pouco contato entre Nutels e o narrador ainda meninos durante a viagem marítima, desenvolve-se uma enorme

---

[7] SCLIAR, 2017, p. 251.

admiração por parte do futuro comerciante, que dedica sua vida a acompanhar, ainda que à distância, a trajetória do médico compatriota no Brasil. Toda a trama é construída a partir da UTI de um hospital onde o narrador não nomeado se encontra internado à beira da morte. Na possibilidade de relatar sua história, ele vislumbra uma forma desesperada de lutar contra a doença e a finitude.

Um mesmo mar, o mesmo navio, mas trajetórias distintas. É esse personagem sem nome e desprovido de glórias que relata a travessia:

> Noel Nutels. Lembro como se fosse hoje o primeiro dia em que o vi, menino ainda. Foi no navio que nos trouxe para o Brasil, em 1921. Era um navio alemão, mas não tinha nome alemão, chamava-se *Madeira,* em homenagem à ilha portuguesa. Simbólica coincidência: de certa forma refazíamos a viagem dos navegadores portugueses, Cabral e os outros. Como eles, atravessaríamos o oceano, rumo ao Brasil; não numa caravela, mas também não num luxuoso transatlântico – longe disso. O senhor precisava ter visto o *Madeira,* doutor. A rigor, nem navio de passageiros era; tratava-se de um cargueiro adaptado para transporte de emigrantes. No porão tinham instalado beliches, oitenta beliches triplos, quase nenhum espaço entre um e outro. Latrinas, quatro; pias, quatro, nem sempre com água. Era impossível ficar naquele porão, passávamos a noite lá, mas mal amanhecia subíamos para respirar um pouco de ar fresco.[8]

[8] SCLIAR, 1997, p. 10.

O mar, o porto e o navio são elementos altamente significativos no imaginário daqueles que partiram sem saber quando e se retornariam. É frequente a imagem desse tipo de embarcação nas narrativas brasileiras que tematizam a imigração. O mar como testemunha, uma testemunha nada muda: ele fala, produz ruídos, emite barulhos, sussurra outras histórias. Uma parte destas é apenas adivinhada e o oceano surge como um lugar político, por onde podem ou não transitar os sujeitos.

Certa poética das águas surge como mote para evocar esse espaço de degredo e de desterro. É possível questionar a respeito do oceano como ponto de partida para desdobrar em nosso imaginário o espaço marítimo: das naus da empresa colonialista, dos vapores carregados de imigrantes às onipresentes embarcações clandestinas de Lampedusa. Os navios e mar surgem como espaços a provocar indagações – e a arte buscou de diversas formas plasmar a contingência de um tempo que pode ser denominado de uma era dos refugiados. É possível pensar em como, atravessando os séculos, o oceano é espaço político de disputas e de grande simbologia: "O senhor conhece aquele quadro do Lasar Segall, *Navio de emigrantes*? Aquele quadro que mostra pessoas amontoadas num convés, pessoas de olhar triste? Era exatamente aquilo. Nós estávamos emigrando, doutor. Melhor dito: estávamos fugindo. Fugindo da Rússia".[9]

9 SCLIAR, 1997, p. 11.

Sujeitos escravizados e marginalizados são aqueles que, em geral, protagonizam essas terríveis histórias ainda por ser contadas. Quem? Como? Por que? E, sobretudo, onde eles chegam? – se é que chegam – são perguntas que inquietam: errantes, degredados, perseguidos, párias, (i)migrantes e refugiados nos convidam a refletir sobre esse tema incontornável do mundo contemporâneo.

Já nos navios entulhados em que viajam começa a se romper a intimidade familiar dos imigrantes pobres, estabelecendo outra forma de perceber a vida privada:

> Como eu disse, o *Madeira* estava cheio de gente. Nós ali estávamos literalmente amontoados. Durante o dia amontoados no convés, o que, quando não chovia, ainda era tolerável; mas à noite tínhamos de baixar para o porão e ficar amontoados ali era um suplício: insuportável, o cheiro de urina, de vômito, dos corpos sem banho. [...] A lembrança do pogrom? A apreensão quanto ao futuro? Gemiam, gemiam. E discutiam, e brigavam. Sim, havia o Brasil, e visões de paraíso – mas o Brasil ainda estava longe, muito mar pela frente, mar agitado; muito enjôo, muito mau humor, muita gente azeda.[10]

Sobre esse assunto, o historiador Boris Fausto afirma:

> Na época das grandes migrações, a viagem transatlântica marítima constitui, como se sabe, o veículo por excelência dos

---

[10] SCLIAR, 1997, p. 46.

deslocamentos; ela é para o imigrante um momento que marca sua vida. A partida assinala o encerramento de uma parte da existência ou quase sempre o abandono da pátria – a exceção maior sendo representada pelos judeus –, à qual muitas vezes se deseja retornar, sem que se tenha certeza da possibilidade do retorno. No outro pólo, a expectativa da chegada encerra esperanças, temores, incertezas.[11]

Em contraponto ao desconforto e às privações da travessia, povoam a imaginação dos imigrantes diversas expectativas em relação ao país a que chegam: essas fantasias começavam a se formar ainda na Europa, no momento em que eram abordados por agentes encarregados de cooptar indivíduos dispostos a emigrar. Companhias de colonização agrícola como a Jewish Colonization Association (JCA) anunciavam por panfletos a possibilidade de iniciar-se uma vida nova e ofereciam terra, ferramentas agrícolas, gado, semente e apoio necessário. Na propaganda apresentada aos imigrantes, era recorrente a imagem do Brasil como terra de maravilhas e de futuro promissor. A chegada de navio, de certa forma, corroborava essa visão do paraíso, pois os estrangeiros se deparavam, pela primeira vez, com um cenário exuberante que correspondia àquele alardeado pelos agentes:

Eu estava no Brasil, e o que via? Via as cores do Brasil. Deus, que cores. Que verdes. Que amarelos. Que encarnados. Que azuis. A Rússia era a terra do cinza, o cinza dos longos inver-

---

[11] FAUSTO, 1997, p. 15.

> nos, o cinza das casas; um cinza que correspondia à nossa paisagem interior. Mas o que eu tinha diante de mim era uma orgia de cores, uma profusa, esfuziante aquarela que chegava a me deixar tonto – como tonto me deixava a multidão que ali estava [...]. Ana batia palmas, encantada, meus pais sorriam. Começávamos a gostar do Brasil.[12]

Saudados com fogos de artifício na pequena cidade de Laje do Canhoto, em Pernambuco, as famílias concluem que, em matéria de recepção, não poderiam desejar coisa melhor. É fato que muitas dessas promessas e desses planos acabaram não se concretizando, pois o momento seguinte à excitação da chegada era a dura etapa de adaptação aos códigos e aos costumes locais.

Mas não é a viagem o centro da narrativa de Scliar. Ela é ponto de partida para os eventos que ocorrerão na vida de Nutels, protagonista de uma história cheia de lances heroicos, sobretudo, na visão do narrador-personagem, que se julga um fracassado, anti-herói destituído de qualquer qualidade. Casado e com um filho, dedica-se a acompanhar os feitos do sanitarista enquanto leva uma vida sem sobressaltos. Já Nutels torna-se médico no Rio de Janeiro. Comunista, decide dedicar-se aos índios do Xingu, obtendo destaque e reconhecimento por suas ações no país. Acompanhando os passos do ex-companheiro de viagem, a quem idealiza vendo nele a liderança, a coragem e a inteligência que lhe faltam, o nar-

12 SCLIAR, 1997, p. 50.

rador vai relatando episódios da vida do médico contrapondo-os aos da sua:

> Noel era o sol, nascendo ao Leste e marchando para o Oeste, marchando impávido, glorioso. Eu, o que era eu? Um modesto e desconhecido planeta gravitando em sua órbita. Planeta? Menos. Planetóide. Asteróide. Grânulo de poeira cósmica. Buraco negro. [...] Noel era tudo, eu era nada. Nada.[13]

Esse ponto de vista é endossado por Berta Waldman, ao afirmar que esses dois meninos, com seus destinos divergentes, "encontram-se enlaçados indissoluvelmente, no romance, pois aquele que é grande, vencedor, realizado e aventureiro, só tem existência na fala daquele que é pequeno, fracassado e humilde".[14] A ironia, lembra a crítica, é que o "apagado anti-herói, que nem nome tem, acaba criando volume, tornando-se um personagem complexo".[15] Portanto, o trânsito entre uma vida anônima e outra repleta de feitos gloriosos não se faz de modo tão óbvio. São sempre reversíveis os pontos de vista. "Ninguém falou do Noel tanto quanto eu. Fui – sou – um homem insignificante, nada fiz de importante, mas algumas pessoas ficaram sabendo do Noel graças a mim, e isso, se não justifica minha existência, pelo menos me consola",[16] conclui.

---

13 SCLIAR, 1997, p. 49.

14 WALDMAN, 2003, p. 108.

15 WALDMAN, 2003, p. 108.

16 SCLIAR, 1997, p. 9.

Nesse sentido, vale realizar breve aproximação com *Nove noites* (2002), romance de Bernardo Carvalho cuja trama desenrola-se em torno da morte de Buell Quain, no Brasil, em 1939. O antropólogo norte-americano suicidou-se quando atuava como pesquisador entre os índios Krahô. Outro romance, mesmo que em fatura distinta, a pensar a presença de um estrangeiro entre os índios, e optando por criar um narrador que tenta entender os passos desse sujeito enigmático. Nessa narrativa, tem-se uma visão desestabilizadora dos índios, fugindo da perspectiva idealizante do encontro com essa alteridade radical. Na trama, o narrador (também não nomeado) decide refazer os passos de Quain, passando à ação direta, e não às memórias revisitadas de *A Majestade do Xingu*. As verdades no romance de Carvalho estão embaralhadas, e o exercício ficcional se mostra mais interessado em revelar o quão provisórias são as versões acerca do outro. Não se atinge nunca uma verdade última, a leitura completa do outro é sempre fadada ao fracasso. Os romances de Scliar e de Carvalho estão próximos na tentativa de construir um relato acerca de personagens cuja existência real produz inquietação: estrangeiros, no Brasil do Xingu, atuando diretamente entre os índios.

A presença indígena surge no romance de Scliar em vários planos: no caso amoroso do narrador com a nada inocente Iracema, no envolvimento intenso de Nutels com os índios, na nomeação da pequena loja, nos espectros dos índios exterminados que rondam a trama de várias formas, entre outros. O autor aproxima, em determinados momentos, a errância ancestral do povo judeu em busca da Terra Prometida à demanda incessante dos indígenas a reivindicar o lugar de seus ancestrais. Uns e outros, de forma análoga, teriam perdido sua língua: "Iídiche, doutor; ninguém mais fala essa língua. Como os idiomas dos índios, logo estará esquecida"[17] Grupos minoritários, ambos, em algum momento do passado, teriam, portanto, perdido a terra e a língua.

Como reafirma a trama de *A Majestade do Xingu*, ao ouvir a voz do imigrante sem nome, é na força da evocação da memória coletiva que reside uma importante forma de resistência. Os Soibelman quando se tornam os Scliar reescrevem para si outra história, constroem, de certa, uma trajetória individual, mas ainda assim de resistência no sentido da coletividade. Muitas vezes, o grão de poeira cósmica, o nada, o resíduo têm a capacidade de dar novos sentidos às narrativas oficiais, trazendo pontos de vista mais complexos, porque mais humanos.

REFERÊNCIAS

ALENCASTRO, Luiz Felipe; RENAUX, Maria Luiza. Caras e modos dos migrantes e imigrantes. In: NOVAIS, Fernando (Org.). *História da vida privada no Brasil*. v. 2. São Paulo: Companhia das Letras, 1997.

CARVALHO, Bernardo. *Nove noites*. São Paulo: Companhia das Letras, 2002.

---

[17] SCLIAR, 1997, p. 11.

FAUSTO, Boris. Imigração: cortes e continuidades. In: NOVAIS, Fernando (Org.). *História da vida privada no Brasil*. v. 4. São Paulo: Companhia das Letras, 1997.

HALL, Stuart. *A identidade cultural na pós-modernidade*. Rio de Janeiro: DP&A, 1999.

SAYAD, Abdelmalek. *A imigração ou os paradoxos da alteridade*. Trad. Cristina Murachco. São Paulo: Edusp, 1998.

SCLIAR, Moacyr. *A Majestade do Xingu*. São Paulo: Companhia das Letras, 1997.

SCLIAR, Moacyr. *Uma autobiografia literária*: o texto, ou: a vida. Porto Alegre: L&PM, 2017.

WALDMAN, Berta. *Entre passos e rastros*: presença judaica na literatura brasileira contemporânea. São Paulo: Perspectiva/FAPESP/Associação Universitária de Cultura Judaica, 2003.

Moacyr Scliar:
jornalista e escritor, incomparável sinergia

Zilá Bernd

> *Contar uma história é estabelecer vínculos afetivos com as pessoas.*
>
> Moacyr Scliar

Neste ensaio, pretendo demonstrar a sinergética confluência das atividades de jornalista e de escritor que Moacyr Scliar desenvolveu durante toda a sua vida. É evidente que sua vivência jornalística, com crônicas diárias no *Zero Hora*, de Porto Alegre, e em outros jornais do Brasil, por cerca de quatro décadas, fornecia matéria para a sua prosa. Pretendo, assim, avaliar em que medida o contrário também acontecia: como a matéria poética de seus contos e romances emergia em seu labor jornalístico. Ou seja: quero evidenciar que a crônica, que o autor praticava com excelência, favoreceu sua performance como contista e romancista.

Destaco, desde o início, a grande importância que Scliar atribuía à crônica como se pode verificar em texto que se encontra no *site* oficial do autor:

> A minha experiência com crônica data de 1974 quando comecei a escrever semanalmente para o jornal *Zero Hora* de Porto

> Alegre. No meu caso foi uma experiência no mínimo curiosa; até então eu só escrevera textos ficcionais, para serem publicados em livros ou em suplementos literários. Mas fazer crônica é diferente, como é diferente a página do livro da página do jornal. Sim, em ambos os casos trata-se de texto impresso, destinado a um público, mas as diferenças são grandes, e históricas. Para começar, o livro tal como o conhecemos, surgiu antes do jornal; e do século quinze, enquanto o jornal só aparece no começo do século dezessete. Ao contrário do livro, que em geral tinha um tema único, a crônica tratava de vários assuntos num estilo que nem sempre era refinado, literário. Estabeleceu-se uma divisão: os escritores eram uma antiga aristocracia; os jornalistas eram os arrivistas. Os escritores escreviam para a eternidade; os jornalistas estavam presos aos assuntos do momento, nem sempre agradáveis. Escritores falavam mal do jornal: "Da primeira a última linha, nada mais é que um circo de horrores", disse Baudelaire. Edmond e Jules Goncourt acrescentaram: "Efêmera folha de papel, o jornal é o inimigo do livro como a cortesã é inimiga da mulher decente."[1]

A trajetória desse gaúcho (1937-2011), considerado um dos dez escritores mais lidos do Brasil, ao lado de Machado de Assis, Clarice Lispector, Guimarães Rosa, Chico Buarque, Graciliano Ramos, Milton Hatoum, Carlos Drummond de Andrade, Rubem Fonseca e Oswald e Mario de Andrade, mostrará em que medida ele desfez esse pretenso antagonismo entre escrita ficcional (livro) x escrita

---

[1] SCLIAR, 2013.

jornalística (jornal). Ao longo de uma existência de intensa atividade intelectual, em que publicou cerca de 80 livros, ele tratou de desfazer as ideias preconcebidas contidas na citação. Sua extensa produção ficcional e jornalística é exemplo inconteste de que uma enriqueceu a outra, dando origem a uma rica tessitura na qual se percebem marcas de ambas as práticas de escritura.

1 Poesia das coisas simples

Começo pelas duas seleções realizadas por Regina Zilberman em duas antologias: *A poesia das coisas simples*,[2] que reúne aproximadamente 80 crônicas publicadas no jornal *Zero Hora*, de Porto Alegre, de 1977 a 2011, e *Território da emoção*: crônicas de medicina e saúde,[3] com 94 crônicas publicadas entre 1995 e 2011 na coluna "Cena médica", do mesmo jornal. Se fossem publicadas todas as crônicas desse período seriam cerca de setecentos textos.

Durante quarenta anos, Scliar exerceu o ofício de cronista, preenchendo as principais qualidades que podem ser atribuídas ao gênero "crônica jornalística", assinaladas por Zilberman no prefácio de *A poesia das coisas simples*. Nesse texto, a crítica identifica as principais virtudes do autor na prática do gênero: "a variedade dos assuntos, sem que se mostre superficial ou frívolo; o conhecimento dos temas, mesmo os que não se associam diretamente a sua dupla

---

2 SCLIAR, 2012.

3 SCLIAR, 2013.

profissão de ficcionista e de médico sanitarista; a linguagem límpida com toques de humor, além de simples e moderna".[4]

Em *A poesia das coisas simples*, em uma das crônicas intitulada "Sobre centauros", publicada em 1997,[5] Scliar menciona a obsessão que tinha pela figura híbrida do centauro que se transformou em tema central de um de seus romances mais lidos e traduzidos em diversas línguas: *O centauro no jardim*, publicado em 1980.[6] Tanto isso é verdade que, após dezessete anos do lançamento do romance, o escritor volta ao tema do centauro para falar da gauchidade e incluir nela os imigrantes. Revela que o gaúcho é o centauro dos pampas, o monarca das coxilhas, o que despertou nele o desejo de escrever sobre esse mito:

> Comecei com uma crônica que foi publicada em *Zero Hora* em mui priscas eras. Depois escrevi um conto que o Marcos Faerman (o Marcão) perdeu [...] Do conto passei para uma pequena novela e, quando dei por mim, estava datilografando furiosamente as páginas de um romance.[7]

 Vê-se aqui que, em "mui priscas eras" (não foi possível determinar essa data), ele escreveu uma crônica sobre o tema, depois escreveu um conto que foi perdido e, finalmente, o romance que é publicado em 1980. Temos, portanto, o exemplo da crônica ser-

---

[4] ZILBERMAN em SCLIAR, 2013, p. 10.

[5] SCLIAR, 2012, p. 43-45.

[6] SCLIAR, 1997.

[7] SCLIAR, 2012, p. 43-44.

vindo de laboratório ou de incubadora ao conto e ao romance, vindo a retroalimentar, anos mais tarde, outra crônica. Ao abordar o tema da gauchidade na crônica jornalística, Scliar o faz por intermédio do enredo de seu romance: "O meu centauro não era apenas grego e gaúcho; era judaico também",[8] o que explica o título enigmático que propõe a figura selvagem do centauro no espaço civilizado do jardim. Esse é, pois, precisamente, seu conceito de gaúcho: aquele que amalgama em um só espaço as mitologias grega e pampiana às quais vem se acrescentar o imaginário imigrante judeu.

A figura do centauro é tão eloquente na representação do itinerário artístico de Scliar que os organizadores de uma importante exposição, realizada em 2014, em sua homenagem, optaram por intitulá-la: "Moacyr Scliar: o centauro do Bom Fim".[9]

A apropriação da figura do centauro inaugurou processos transculturais: ao rememorar os substratos da judeidade para inscrevê-los no contexto das Américas, efetuando a reatualização da memória da imigração judaica e a inclusão da diversidade, Scliar implodiu conceitos que circunscreviam a gauchidade a um quadro exíguo de referências, ou seja, ao campeiro sul rio-grandense. Ele inclui o imigrante judeu no quadro da identidade gaúcha e brasileira, dando continuidade a uma fecunda linhagem de escritores que fazem dos diferentes fluxos migratórios que che-

[8] SCLIAR, 2013, p. 44.

[9] A Exposição Moacyr Scliar: o centauro do Bom Fim ocorreu de 15 de setembro a 15 de novembro de 2014 no Santander Cultural de Porto Alegre.

garam ao Brasil, a matéria-prima de suas narrativas, como José Clemente Pozenato, com a imigração italiana, Josué Guimarães, com a imigração alemã, Salim Miguel, Milton Hatoum e Raduan Nassar, com a imigração sírio-libanesa e, mais recentemente, Letícia Wierzchowski, com a polonesa, para citar apenas alguns.

O desejo de conversar com o leitor, de estabelecer vínculos afetivos com as pessoas por intermédio da literatura, rememorando a epígrafe deste ensaio, fazem da crônica o lugar privilegiado da *charla* diária com seus leitores que o saudavam nas ruas da cidade de Porto Alegre, pois se consideravam seus amigos com quem trocavam confidências, já que muitas crônicas de Scliar se originavam de *e-mails* que recebia de leitores. Como escreveu Nubia Hanciau, Scliar tinha uma habilidade única de utilizar a crônica para

> convidar o leitor a refletir e a buscar respostas para alguns temas que nos assombram, tais como a morte e o sentimento de exclusão. [...] Escreve para que seus leitores sejam cúmplices das suas interrogações, muitas delas, perplexidades fundamentais que nos movem.[10]

A crônica, na obra de Scliar, é, assim, de máxima importância. Durante a Exposição "Moacyr Scliar, o centauro do Bom Fim", o escritor Antônio Torres, convidado para participar dos debates, assim se pronunciou em relação à afinidade entre Scliar e seus leitores:

---

10 HANCIAU, 2012, p. 123.

> Escalado pela idealizadora da mostra, Judith Scliar, para mediar uma de suas atividades paralelas – a mesa "Do mágico ao social: a arte de contar histórias", com os escritores Cíntia Moscovich, Ignácio de Loyola Brandão, Luiz Antonio de Assis Brasil e Luís Fernando Veríssimo –, pude testemunhar o enorme interesse que o evento despertou, atraindo multidões, numa prova de que a imortalidade de Moacyr Scliar não se circunscreve apenas à Academia Brasileira de Letras, da qual foi membro, mas se estende ao coração do seu povo.[11]

Vinte anos antes de escrever *A Majestade do Xingu*,[12] Scliar produz uma crônica intitulada "Três da Ucrânia", de 1977, na qual fala com entusiasmo do médico sanitarista judeu Noel Nutels:

> A sensibilidade e a atração pelo primitivo marcaram a vida de Noel Nutels, um sanitarista que dedicou sua vida a proteger os índios brasileiros de um flagelo que a civilização lhes impôs: a tuberculose. O que para outros seria uma tarefa difícil, para Nutels era uma vocação, porque ele amava os índios, exatamente como eram: simples, primitivos.[13]

Em 1997, mesmo ano da publicação da biografia romanceada de Nutels (*A Majestade do Xingu*), Scliar menciona o sanitarista em outra crônica "Olhar melancólico" na qual apresenta, além de Nu-

[11] TORRES, 2014.

[12] SCLIAR, 1997.

[13] SCLIAR, 2012, p. 83-85.

tels, Clarice Lispector e Lasar Segall.[14] O escritor orgulhava-se de mencionar figuras de imigrantes judeus que haviam feito muito pelo Brasil e por sua abertura irrestrita à alteridade brasileira:

> Como Clarice Lispector e Noel Nutels, Lasar Segall (1890-1957) era judeu russo. Como Clarice e como Noel, fez do Brasil a sua pátria. Clarice escreveu algumas das mais belas páginas de nossa literatura, Noel, médico, dedicou a vida a cuidar dos índios. Segall fixou em pinturas e gravuras as cenas que seu olhar melancólico captou do país onde refez a vida.[15]

O romance *A Majestade do Xingu*, que lhe valeu dois significativos prêmios: Açorianos de Literatura, da Prefeitura de Porto Alegre, e o Prêmio José Lins do Rego da Academia Brasileira de Letras (ABL), de 1998, custou a ser concebido, embora a ideia de escrever sobre Nutels, como se pôde perceber, fosse muito antiga (de 20 anos antes). Por que retardou o projeto de escritura desse livro se sua identificação com Nutels era tão grande: ambos médicos sanitaristas, judeus e filhos de imigrantes, além de apaixonados por causas humanitárias?

O fato é ele tinha muitas dúvidas sobre quem seria o narrador. Não queria que fosse uma simples biografia. A estratégia de contar a vida de Nutels, criando um narrador moribundo que relata, em um leito de hospital, a vida do médico com quem emigrou da Rússia para o Brasil, no mesmo barco, subverteu os moldes tradicio-

---

[14] SCLIAR, 2012, p. 136-137.

[15] SCLIAR, 2012, p. 136-137.

nais da narrativa biográfica. Ao criar um jogo de duplos, como refere Maria Zilda Cury,

> de personagens que se refratam uns aos outros, se insere a figura do próprio Scliar, como simultaneamente duplo de Nutels e do narrador responsável pela preservação da memória deste último, como duplo do médico que registra por escrito o relato e mantém viva a voz que o enuncia.[16]

2 Territórios da emoção: crônicas de medicina e saúde

> *A Medicina é um mergulho na condição humana; a literatura também.*
>
> Moacyr Scliar

Nas crônicas sobre medicina e saúde, Scliar entrecruza medicina, jornalismo e ficção, revelando-se um apaixonado pelas três pontas de sua vida. Estabelecer relações entre seu ofício de cronista e escritor com a medicina foi quase inevitável, já que o escritor vê na medicina uma outra maneira de mergulhar nas profundezas da condição humana. Nesse sentido, escreve livros bastante originais tecendo relações entre ciências médicas e literatura.

Entre eles, *A paixão transformada*[17] que representa a materialidade desse entrelaçamento, pois o livro constitui-se de comentá-

---

[16] CURY, 2012, p. 161.

[17] SCLIAR, 1996.

rios seus a citações, que envolvem considerações sobre medicina, de autores os mais diversos da literatura universal de diferentes épocas: desde o código de Hamurabi (1700 a.C.) e das leis mosaicas (1500 a.C.), até a literatura do século XX com Thomas Mann, Bernard Shaw, Susan Sontag, entre muitos outros. De Thomas Mann vem o título do livro, pois o escritor em a *Montanha mágica* (1924) afirma ser a doença uma paixão transformada. Nesses escritos, que mesclam saber médico e saber literário, Scliar revela grande erudição em ambas as áreas, um cabedal invejável de leituras feitas desde a infância incentivado pela mãe que, considerando não serem suficientes as aulas do colégio Rosário, em Porto Alegre, fazia com que ele escrevesse uma redação por dia que ela mesma corrigia. Sem falar no hábito de leitura desenvolvido em casa desde a tenra idade, como se pode avaliar pelo depoimento do irmão Wremyr Scliar:

> A família de Moacyr Scliar, seus pais, avós, tios e primos reuniam-se frequentemente. Henrique, o pai do pintor Carlos Scliar, já era anarquista; outros tios eram socialistas. Nas suas casas não faltavam livros. Liam-se Jorge Amado, Reclus, Graciliano Ramos, Tchecov, Romain Rolland, Roger Matin du Gard. Nas paredes, reproduções da pomba da paz de Picasso, gravuras de Vasco Prado, Portinari.[18]

A cultura quase enciclopédica de Moacyr Scliar era constituída de arquivos que se originavam dos livros que leu durante toda a vida

---

[18] SCLIAR, W., 2012, p. 37.

vorazmente, em prática adquirida na infância. Ao lado desses arquivos da cultura livresca, ele colecionava os saberes advindos da oralidade, pois assim como era um grande contador de histórias, era também alguém sempre disposto a ouvir relatos contados por leitores, pacientes, amigos, pessoas que encontrava nas ruas. Somaram-se a esses "arquivos memoriais" o saber científico da medicina e também o profundo conhecimento da cultura judaica.

Laurent Demanze, em recente publicação intitulada *Les fictions encyclopédiques*, lê profundamente autores que se caracterizaram pelo saber "enciclopédico" e pela abundância de informações (de dados culturais e científicos, a repertórios de mitos e até de clichês) que incluíam em suas obras. Gustave Flaubert é um dos autores por ele estudados. O crítico aponta para a faculdade de "reinvindicar para a literatura uma posição de reflexividade crítica", lembrando que o maior desejo dos personagens de Flaubert, Bouvard e Pécuchet, seria o de "cair sobre um livro que contivesse todos os conhecimentos".[19] Posso afirmar, sem medo de exagerar, que Scliar foi um desses "escritores enciclopédicos", capazes de abordar os temas mais diversos com grande desenvoltura e paixão, alternando os grandes tópicos que o fascinavam como as origens do judaísmo, as artes médicas, a linguagem em si, o fantástico e o maravilhoso. Associar enciclopedismo e fantasia, unir saberes científicos, religiosos e humanísticos sem fixá-los, fetichizá-los ou apresentá-los de forma dogmática, priorizando os achados da linguagem sempre criativa e inovadora, foi a característica que

[19] DEMANZE, 2015, p. 14.

deu a Scliar o reconhecimento nacional e internacional. Foi esse seu legado maior para a literatura brasileira.

Na coletânea *Território da emoção*, em "Os dez mais da medicina brasileira", crônica de 1998,[20] ele volta a falar de Oswaldo Cruz a quem dedicara o romance *Sonhos tropicais*,[21] descrevendo a luta desse médico para convencer seus compatriotas sobre eficácia da vacina: primeiro contra a febre amarela e depois contra a varíola. Ao retraçar a história de Oswaldo Cruz, assim como a de Noel Nutels, Scliar se empolga, pois ambos além de médicos se especializaram em saúde pública, área em que ele próprio atuou durante muitos anos. Scliar aponta com paixão para as agruras de Oswaldo Cruz, face à resistência dos cariocas em relação à obrigatoriedade da vacinação e mostra como ele pagou caro por seus projetos inovadores no campo da medicina, os quais despertaram o clamor popular que chegou a seu ápice com a Revolta da Vacina em 1904 no Rio de Janeiro. Na crônica, anota, com júbilo, que dentre os dez maiores nomes da medicina brasileira estão vários médicos sanitaristas como Oswaldo Cruz, Carlos Chagas, Adolfo Lutz e Gaspar Viana.

O tema da reação popular à obrigatoriedade da vacinação, volta, em crônica de 2004 (12 anos após *Sonhos tropicais*), quando aborda a recusa da população em deixar-se inocular pelo vírus da própria doença. Em "Brigando contra a vacina",[22] volta a des-

---

20 SCLIAR, 2013, p. 50-51.

21 SCLIAR, 1992.

22 SCLIAR, 2013, p. 69-71.

crever a atitude dos cariocas que, mesmo ameaçados pela varíola, preferiam a morte do que deixar-se vacinar: "demonstravam-no enfrentando as tropas do governo nas ruas, numa quase guerra civil que ficou conhecida como a Revolta da Vacina".[23] Embora reconhecendo a genialidade de Oswaldo Cruz, tira dessas manifestações hostis da população carioca, que chegou a apedrejar a casa do inventor da vacina, a conclusão de que se o próprio Oswaldo Cruz foi o maior alvo da violência da população, isso deveu-se, em grande parte, ao seu autoritarismo, advindo da confiança que tinha nos efeitos benéficos da vacina.

No romance *Sonhos tropicais,* Scliar se vale de recortes de jornais para documentar a forte reação contra a lei que estava tramitando com vistas a considerar a vacinação obrigatória. Embora nesses textos, as críticas a Oswaldo Cruz sejam muito ásperas e satíricas, não há da parte de Scliar julgamentos de valor contra a luta intransigente desse pioneiro da medicina experimental e seu combate a epidemias como febre amarela, varíola e peste bubônica. Nas crônicas, contudo, permite-se reavaliar a situação crítica que culminou com o afastamento de Oswaldo Cruz de seu cargo, que equivaleria, hoje, ao de Ministro da Saúde, terminando sua carreira em Manguinhos que mais tarde, com sua morte, recebeu o nome de Instituto Oswaldo Cruz. Assim:

> O resultado foi o que se viu, e a lição ficou. Não dá para vacinar pessoas como se vacina o gado. E não basta conhecer as doen-

[23] SCLIAR, 2013, p. 69.

ças. É preciso conhecer os seres humanos, e levar em conta suas aspirações e também os seus temores.[24]

Conclusão

Em geral, a crítica associa Scliar ao fantástico, mas prefiro dizer que ele navegava nas águas do real maravilhoso latino-americano. Ele ia – em seus romances e contos, mas também em muitas de suas crônicas – ao encontro dessa realidade insólita, fantástica ou maravilhosa em busca de explicações outras que o mundo da racionalidade e da lógica não pode dar. Seus romances aderem, portanto, a duas lógicas ou a duas visões de mundo: a da racionalidade e a da magia, ou seja, ao *logos* e ao *mitos*. Essas duas visões de mundo nunca se apresentam na escrita de Scliar de forma contraditória, obrigando o leitor a optar entre uma e outra versão. Por meio do real maravilhoso, ele abala as certezas do leitor e os faz compreender que não existe uma única forma de entender o mundo. Sendo assim, tanto o fantástico quanto o maravilhoso apresentam-se como molas que estimulam a racionalidade.

As passagens transculturais que efetua ao longo dos mais de cinquenta anos de carreira literária, fazem de sua obra um exemplo de enraizamento dinâmico e relacional. Seu desejo de valorizar a contribuição judaica para a cultura brasileira se dá sempre como gesto de inclusão, de generosa solidariedade, abrindo-se ao diá-

---

[24] SCLIAR, 2013, p. 71.

logo com todas as demais culturas em presença no Rio Grande do Sul e no Brasil, percebendo com clareza que a recuperação da memória e a construção identitária são processos dinâmicos, não caindo nunca em armadilhas essencialistas.

Moacyr Scliar cria, entre a crônica e a ficção romanesca, uma incomparável sinergia. Era um grande fabulador, cuja imaginação se exercia até mesmo nas crônicas que, em geral, refletem preocupações imediatas e quotidianas. Era um indivíduo ligado ao coletivo e à comunidade a que pertencia; um homem de grande erudição e, ao mesmo tempo, de grande simplicidade; essa era sua maior grandeza. Era um Centauro do Bom Fim na medida em que, imitando essa figura híbrida, vinculava-se às duas culturas nas quais estava inserido: a judaica e a gaúcha, sem deixar de ser um cidadão do mundo, um cosmopolita. Era um grande curioso para quem a investigação da condição humana não tinha limites. Um homem que exercia todas as suas inúmeras atividades com o coração generoso, o sorriso afável que seduzia a todos.

Era enfim um viajante transcultural, um nômade intelectual que, ao atravessar as culturas gaúcha, judaica e brasileira, acabava criando elementos culturais novos e transgressores que deixavam de pertencer a um ou a outro *stock* cultural para se hibridizarem, originando criações originais. Assim era Moacyr Scliar: amigo dos amigos e que nunca deixou-se seduzir pela glória de ser saudado em fóruns internacionais ou de pertencer à ABL.

Centauro do Bom Fim, bairro judaico de sua cidade natal, Porto Alegre, onde viveu praticamente toda sua vida. Escritor que soube ultrapassar a barreira dos binarismos, renovar as relações de alteridade e compor uma obra literária já incorporada ao patrimônio nacional e universal.

Ao praticar o conto, o ensaio, o romance e a crônica, Moacyr Scliar fez de todos eles um lugar de compartilhamento generoso de saberes e de experiências, ressignificando pertenças identitárias que soube tecer de forma a promover a inclusão e a relação entre os membros de sua comunidade e de seu país.

REFERÊNCIAS

ALVES, Rubem; SCLIAR, Moacyr. *Conversam sobre o corpo e a alma*: uma abordagem médico-literária. Campinas: Saberes, 2011.

BERND, Zilá; MOREIRA, M. E.; MELLO, A. M. L. de (Org.). *Tributo a Moacyr Scliar*. Porto Alegre: EDIPUCRS, 2012.

CURY, Maria Zilda Ferreira. Vozes narrativas em *A Majestade do Xingu*. In: BERND, Zilá; MOREIRA, M. E.; MELLO, A. M. L. de (Org.). Porto Alegre: EDIPUCRS, 2012. p. 149-168.

DEMAMZE, Laurent. *Les fictions encyclopédiques*; de Gustave Flabert à Pierre Senges. Paris: Éditions Conti, 2015.

DO MÁGICO ao social: a arte de contar. Disponível em: <http://www.scliar.org/moacyr/exposicao/videos.html>. Acesso em: 27 fev. 2018

HANCIAU, Nubia. Moacyr Scliar e a crônica. In: BERND, Zilá; MOREIRA, M. E.; MELLO, A. M. L. de (Org.). Porto Alegre: EDIPUCRS, 2012. p. 111-126.

MACHADO, Ana Maria; SCLIAR, Moacyr. *Amor em texto, amor em contexto*: um diálogo entre escritores. Campinas: Papirus 7 mares, 2009.

O JORNALISMO na vida de Moacyr Scliar. Disponível em: <http://www.scliar.org/moacyr/exposicao/videos.html>. Acesso em: 27 fev. 2018.

SCLIAR, Moacyr. A crônica hoje. 2013. Disponível em: < http://www.moacyrscliar.com/textos/a-cronica-hoje>. Acesso em: 28 fev. 2018.

SCLIAR, Moacyr. *A Majestade do Xingu*. São Paulo: Companhia de Bolso, 1997.

SCLIAR, Moacyr. *A paixão transformada*: história da medicina na literatura. São Paulo: Companhia das Letras, 1996.

SCLIAR, Moacyr. *A poesia das coisas simples*: crônicas. São Paulo: Companhia das Letras, 2012.

SCLIAR, Moacyr. *Doutor miragem*. Porto Alegre: L&PM, 1978.

SCLIAR, Moacyr. *O centauro no jardim*. Porto Alegre: L&PM, 1997.

SCLIAR, Moacyr. Site do autor. Disponível em: <http://www.scliar.org/moacyr/>. Acesso em: 27 fev. 2018.

SCLIAR, Moacyr. *Sonhos tropicais*. São Paulo: Companhia das Letras, 1992.

SCLIAR, Moacyr. *Território da emoção*: crônicas de medicina e saúde. São Paulo: Companhia das Letras, 2013.

SCLIAR, Wremyr. Depoimento. In: BERND, Zilá; MOREIRA, M. E.; MELLO, A. M. L. de (Org.). Porto Alegre: EDIPUCRS, 2012.

TORRES, Antônio. Depoimento, 2014. Disponível em: < http://www.moacyrscliar.com/exposicao/depoimentos.html>. Acesso em: 27 fev. 2018.

ZILBERMAN, Regina; BERND, Zilá (Org.). *O viajante transcultural*: leituras da obra de Moacyr Scliar. Porto Alegre: EDIPUCRS, 2004.

Sobre os autores

Ana Maria Chiarini é Doutora em Linguística Aplicada pela Universidade Federal de Minas Gerais e Professora da Faculdade de Letras da Universidade Federal de Minas Gerais.

Berta Waldman é Doutora em Literatura Comparada e Teoria Literária pela Universidade de São Paulo, Professora da Universidade de São Paulo e da Universidade de Campinas e bolsista do CNPq.

Elcio Loureiro Cornelsen é Doutor em Germanística pela Freie Universität Berlin, Professor da Faculdade de Letras da Universidade Federal de Minas Gerais e bolsista do CNPq.

Fernanda dos Santos Silveira Moreira é Doutoranda em Estudos Judaicos na Universidade de São Paulo.

Filipe Menezes é Doutorando em Letras no Programa de Pós-Graduação em Letras: Estudos Literários da Universidade Federal de Minas Gerais.

Kênia Maria de Almeida Pereira é Doutora em Literatura Brasileira pela Universidade Estadual Paulista Júlio de Mesquita Filho e Professora do Instituto de Letras e Linguística da Universidade Federal de Uberlândia.

Késia Oliveira é Doutoranda em Letras no Programa de Pós-Graduação em Letras: Estudos Literários da Universidade Federal de Minas Gerais.

Lincoln Amaral é Doutor em Estudos Judaicos pela Universidade de São Paulo e Professor do Instituto Federal de Educação, Ciência e Tecnologia de São Paulo.

Lyslei Nascimento é Doutora em Letras pela Universidade Federal de Minas Gerais, Professora da Faculdade de Letras da Universidade Federal de Minas Gerais e bolsista do CNPq e da Fapemig.

Márcio César Pereira dos Santos é Mestre em Letras pelo Programa de Pós-Graduação em Letras: Estudos Literários da Universidade Federal de Minas Gerais.

Maria Zilda Ferreira Cury é Doutora em Literatura Brasileira pela Universidade de São Paulo, Professora da Faculdade de Letras da Universidade Federal de Minas Gerais e bolsista do CNPq.

Regina Zilberman é Doutora em Romanística pela Universidade de Heidelberg, Professora do Instituto de Letras da Universidade Federal do Rio Grande do Sul e bolsista do CNPq.

Saul Kirschbaum é Doutor em Língua Hebraica, Literatura e Cultura Judaica pela Universidade de São Paulo.

Stefania Chiarelli é Doutora em Letras pela Pontifícia Universidade Católica do Rio de Janeiro e Professora da Universidade Federal Fluminense.

Zilá Bernd é Doutora em Letras pela Universidade de São Paulo, Professora do Programa de Pós-Graduação em Memória Social e Bens Culturais da Universidade LaSalle e bolsista do CNPq.

[1ª edição – outubro, 2019]

Este livro foi composto em Chronicle Text
e impresso sobre papel Pólen Soft 80g/m^2
para a Quixote+Do Editoras Associadas.

FSC www.fsc.org
MISTO
Papel proveniente de fontes responsáveis
FSC® C092828

PRINTED WITH SOY INK®